文春文庫

冷たい誘惑

乃南アサ

文藝春秋

目次

冷たい誘惑

母の秘密

1

六本木にいたつもりが、気がつくと新宿にいた。いや、最初は新宿ということもはっきりとせず、ただ、突然、光と音とが身体《からだ》の中になだれ込んできたような感覚に、ようやく目が覚めただけだった。

——何？　ここ、どこ？

夢の続きを見ているような気がして、塩沢織江《おりえ》は、少しの間ぼんやりと周囲を見回していた。見知らぬ場所というわけではないような気がした。この人の流れと、ネオンの瞬き。騒音も、澱《よど》んだ空気も、さほど馴染《なじ》み深いというわけではないが、確かにこの風景には、見覚えがあると思った。

——何だ、歌舞伎町じゃない。こんなところで、私、何やってんだろう。

ようやくそのことに気付いた頃には、自分が腰掛けている場所の、冷たく堅い感触と、どのくらい長い間こうしていたのか、夜気《やき》にあたってすっかり冷え切っているらしい頬を感じ始めた。

織江は痺《しび》れて重く感じられる右の手で頬をさすりながら、ゆっくりと自分の身の回りに視線を巡らせた。薄手のコートを着て、もう片方の手は、しっかりとショルダーバッグのベルトを握りしめている。その格好は、確かに今日の昼過ぎに家を出たときと同じものだ。つまり、まだ一日が続いているということになる。

――でも、どうして歌舞伎町なんかにいるんだろう。

どうにも、そのことが分からない。いけない、帰らなければとは思うのだが、全身がだるくて、腰から下は痺れたようにまるで力が入らないのだ。「まあ、いいか」という気持ちの方が強く働いている。とにかく、眠くてたまらなかった。夜更けの歌舞伎町にいるということ自体が信じられないというのに、そのことに、不安も恐怖も感じていない自分は、一体どうなってしまったのだろう。

――そうだ。皆、皆は？

重い頭をもたげながら、しばらくの間、ぼんやりと人の流れを眺めているうちに、ようやく思い出した。そういえば、今日は中学の同窓会だった。その流れで六本木に行き、さらに、そこから三人の旧友と連れだってタクシーに乗り込んだのだ。だが、タクシーに乗り込んだときのことさえも、まるで、遠い幻のようにしか思い出せない。

――酔っ払ってるんだわ、すごく。

六本木なんて、何年ぶりだったろう。映画かドラマにでも出てくるようなお洒落なバーで、久しぶりに会った友人たちと、甘いカクテルを飲んだと思う。久しぶりにダンナや子どもから解放されたんじゃないの、羽を伸ばさなきゃ、損よ。まだまだ、所帯じみる歳じゃないでしょう。家庭べったりになってると、必要なときには友だちがいなくなるのよ。そんなのって、織江らしくない――かつて共に机を並べていた旧友たちは、口々にそんなことを言い、何度か腰を上げようとした織江を引き留めた。そして、最後には織江もすっかり腰を落ち着けてしまったのだ。

あそこで、どのくらいの時間を過ごしたのか、とにかく大いに盛り上がってはしゃぎながら店を出たところで、誰かが「新宿に行こう」と言い出した。織江は反射的に、「行こう、行こう！」と気勢を上げたような気がする。それから誰かに腕を摑《つか》まれて歩き出し、いつの間にか目の前に止まっていたタクシーに、押し込まれるようにして乗った。だが、「誰か」というのがその都度《つど》、誰だったのかも、タクシーの中でのことも、新宿で降りたときのことも、まるで覚えがない。第一、一緒に来たはずの友人たちの姿が、まるで見あたらないではないか。

――薄情な人たちねえ。こんな所に人を置きざりにして。

織江は何度も深呼吸を繰り返した。このままだと、もう少しで気分が悪くなりそうな気がした。こんな風に酔ったことなど、かつてなかったと思う。あったとしても、二十歳になるかならない頃に、一、二度あったくらいのものだ。

重たい頭が、自分の意志とは関係なく揺れている。周囲を取り巻く建物やネオンも、行き交う人々の姿も、全てが滲《にじ》んで、明確な輪郭を失っていた。何やら聞こえてくる音楽や人々の話し声は、がらんどうのように感じられる頭の中で、ただわんわんと反響するばかりだ。

「見ろよ、あの女、みっともねえなあ」

すぐ傍《そば》で、はっきりとした声が聞こえた。自分のことを言われているのだと気付いた。だが、何の反応も示すことが出来ない。とにかく、誰かが助けに来てくれない以上は、ここから一歩も動けないと思った。

——本当に、動かないんだから。絶対に、動いてなんか、やらないんだから。

織江は目をつぶって天を仰ぎ、深々と息を吸い込んだ。埃っぽくて薄汚れた空気が胸いっぱいに入ってきて、織江自身が街の中に溶けていくような気がした。

ふと、夫の顔が思い浮かんだ。

——怒ってるだろうな、こんなに遅くなって、その上、こんなに酔って帰ったら。

とにかく電話だけでもしておかなければまずいと思いついて、やっと立ち上がろうとした。だが、膝にはまるで力が入らなかったし、わずかに頭を上下に動かしただけで、本当に気分が悪くなりそうだった。もう、一センチだって動きたくない。

——すごく酔ってるんだ。もうすこし、酔いを冷まさなきゃ。

結局、織江はまた俯《うつむ》いてしまった。瞼《まぶた》が重い。いくら押し上げようと努力しても、すぐに視界が閉ざされていく。大丈夫、もう少し気分が落ち着いたら、ちゃんと帰るから。しゃきっとして、帰るから——自分に言い聞かせながら、織江の意識は再び遠《とお》退いていった。

「ちょっとってば！　ねえ！」

ふいに身体を揺すられ、同時に耳元で大きな声がした。

「こんなところで眠ってたら、死んじゃうってば、ねえ！」

やっとの思いで目を開けると、すぐ近くに見知らぬ顔があった。織江は何度も目を瞬《しばたた》き、背筋を伸ばした。

「起きなってば、ねえ！」

「――大丈夫、起きたわ」

織江は、ぼんやりと辺りを見回し、それから改めて目の前の顔を見つめた。眉を細く描いて、それなりにしっかりと化粧をしているが、どう見てもまだ子どもの顔立ちの少女が、眉間に微《かす》かなしわを寄せて、こちらを覗《のぞ》き込んでいる。

「――すみません。久しぶりに、酔っぱらっちゃって」

「あたしに謝ったって、しょうがないじゃんよ」

「ああ――ああ、そう」

まだ夢を見ているような気がする。それにしても、この娘は誰なのだろうか。どうしてこんな子と言葉を交わしているのだろう。だが、織江の困惑などお構いなしに、少女はいかにも親しげに織江の隣に腰を下ろした。

「よく寝てたよねえ、結構、長いこと」

「――そう――寝てた？」

「寝てた、寝てた。最初は死んでるのかと思ったくらい。だって、おばさんみたいな人が、こんな場所で居眠りしてるなんて、おかしいもん」

「――」

「ここがどこだか、分かってんの？　歌舞伎町だよ」

「――ああ、そうよね」

「まさか、家出してきたってわけでも、ないんでしょう？」

少女の言葉に、織江は思わず笑いそうになった。そのときになって初めて、意外なほどの寒さのために顔がすっかり強ばってしまっていることに気付いた。頬をさすろうとして手を動かし、腕時計に目をとめて、初めて驚いた。

「三時？　もう、こんな時間なの？」

何ということだろう、こんな時間になっていたなんて。一体、どれくらいの間眠っていたのだろうか。何時から、ここにいたのだろう。

「――同窓会があったのよね、昔の友だちと飲んでて」

「分かった。その友だちに、見捨てられたんだ。あんまり酔っ払って」

少女はわずかに尖らせた唇のまま、片方の頬だけでにやりと笑うと「かわいそー」と言った。まるでそうは思っていない、歌うような言い方。織江だって不似合いかも知れないが、こんな少女が、深夜の歌舞伎町にいることだって、相当に不自然なことだ。

「あなたは？」

織江が聞くと、彼女は「あたし？」と言いながら、まだ子どもらしい頬をわずかに膨らませて「あぶれちゃったの」と答えた。

「あぶれちゃった？」

「誰か、適当なおじさんが拾ってくれないかなあと思ったんだけど、今日は駄目みたい。結構早い時間から、ずっとこの辺にいたんだけどね」

織江は「へえ」と言ったまま、ぼんやりと前を見ていた。やはり眠い。そのせいか、何と答えたら良いのかが分からなかった。

「大抵はさ、それでうまくいくんだ。昨日も一昨日《おととい》も、平気だったんだけどな」

歌舞伎町は、結婚前には、友人や今の夫と一緒に映画を見に来たり、食事に来ることも珍しくはなかった街だ。学生時代にも、織江は時折、この界隈《かいわい》を歩いた。その都度、遊び人風の若者はいたし、怪しげな、何をねらっているのか分からない連中もいた。だが、彼らは常に織江とは別世界の存在でしかなかった。

「今日は、ツイてないんだよ。結構、ぶらぶらしてたんだけど」

「ぶらぶら？　ずっと？」

「まあね」

いつでも人の波ができていて、様々な店の前には商品が溢れ出し、風俗関係の店の毒々しいネオン、鼓膜を刺激する音楽、客引きの男や客待ちの女の声、酔っぱらいの怒声に若者の雄叫《おたけ》びなどが、ビルの谷間に響きわたる街。ゴミが散らばり、大勢の人間そのものから発散される生ぬるい匂いに、酒や料理や化粧品などの匂いが交ぜになって、ただでさえ濁った空気を、さらに澱ませる街。それらは、いつでも独特の粘り着くようなエネルギーを生み出して、たまにしかこの街に足を踏み入れない織江を怖じ気づかせた。それなのに、目の前の少女は、自分を「拾ってくれる」男を探して、ずっとこの街を歩き回っていたという。

「——家には、帰らないの？」

「帰るくらいなら、こんなところでおじさんを探したりしないって」

「家出、中？」

「そんなとこかな」

「おうちの人、心配してるんじゃ、ないの？」

「してないんじゃないの？」

「——そうなの？」

「そうじゃない？」

「あの——いくつ？」

そこで少女は小さく鼻を鳴らし、「関係ないじゃん」と言いながらそっぽを向いてしまった。確かにそうだ。彼女の年齢を知り、家に帰りなさいなどと説得したところで、少女が素直に言うことを聞くとも思えない。酔っ払ったおばさんの言葉など、少女でなくとも、まともには聞かれないだろう。

とにかく、こんなことをしている場合ではない、早く帰らなければと思っていると、少女は再びこちらを向いて「ねえ」と言った。

「お金、貸してくれない？」

「——お金？」

織江は、改めて少女を見た。化粧など必要もないような若い素肌を持っているはずなのに、少女はよく見れば、額や頬に吹き出物を作り、化粧のせいばかりとも思えない、暗い目元をしている。

「おばさんが眠ってる間に、バッグから勝手に抜き取ったって、よかったんだよね。あたし、結構、迷ったんだ。だけどさ、盗みは、やっぱ、まずいなと思ったの。そこまでヤバいことしようとは、思わないからさ」

「——いくら」

「一万円」

「お金、持ってないの？」

「持ってたら、こんなこと頼まないじゃんよ」

「——」

「ねえ、持ってないの？」

「持ってないことも、ないけど」

曖昧《あいまい》に答えながら、織江は周囲を見回した。どこかに警察官がいないかと思ったのだが、既に人通りもまばらになり始めている街に、制服の人間の姿は見あたらない。

「ねえ、貸してよ」

今夜一晩くらい夜露をしのげたとしても、少女は明日もまた、同じことを繰り返すに違いない。その程度のことは、酔った頭でも考えられた。それでも、織江は黙ってバッグから財布を取り出し、中から一万円札を抜き取ると、少女に差し出した。彼女は、まるで親戚から小遣いを受け取るかのような気軽な表情で、「サンキュ」と言った。

「返さなくて、いいわ。見張っててくれた、お礼」

「さすが、こんな場所で寝てるだけのこと、あるよね。おばさん、話が分かるじゃん」

言いながら、少女は背中に背負っていたリュックを下ろし、中から小さな包みを取り出した。何となく歪《ゆが》んだ形の、厚さにすれば二、三センチ程度のそれはスーパーのポリ袋のようなものに包まれ、さらに、外から触りながら中を覗き込むと、包装紙にくるまれている。

「代わりに、これ、あげるから」

差し出されるままに受け取ると、ちょうど手のひらくらいの大きさの包みは、意外な程に重かった。

「——何、これ」

「あたしの、お守りだったんだけどさ、おばさんにあげる。お金くれた、お礼」

それだけ言うと、少女はにっこりと笑いながら立ち上がった。

「おばさんも、早く帰った方がいいよ。ダンナとか、いるんでしょ?」

「——ダンナだけじゃなくて、子どもも、よ」

「え、子持ちだったの？　じゃあ、こんな時間までいたら、ヤバいんじゃないの」

「ヤバい、ヤバい」

言いながら、織江もようやく立ち上がった。辺りの人通りは随分少なくなって、闇がひたひたと押し寄せてきていた。

2

最悪の二日酔いというものを、生まれて初めて経験して、翌日はまるで使いものにならなかった。

「しょうがねえ奴だなあ。いくら同窓会だって、そこまで羽目をはずす奴がいるか？」

いつまでもベッドから起き出せずにいる織江を、夫は呆れた顔で見ていたが、それ以上には文句は言わなかった。そして、昼食は子どもたちを外へ連れ出し、適当に済ませてきてくれたから、織江はその間ゆっくりと眠り、午後にはどうにか起き出すことが出来た。

「本当に、おまえは内弁慶《うちべんけい》なんだよな。酒なんかろくすっぽ飲めないくせに、調子に乗ったんだろう」

家族揃っての夕食の席で、夫は皮肉混じりの表情で言った。まだ胃がもたれていて食欲の出ない織江は、ぽつりぽつりと箸を動かしながら、口の中で「そんなこと、ないわよ」と答えた。

「そうに決まってるよ。おふくろさんから聞いたけど、おまえ、中学の頃までは、結構お転婆《てんば》だったっていうじゃないか」

「────」

「それが、どういうわけだか、おとなしくなっちまったんだってな。何でなんだ？」

「──知らないわよ。そんなこと」

子どもたちの前で触れられたい話題ではなかった。

「知らないこと、ないだろうが。自分のことなんだから」

「分からないってば。自然に、そうなったんでしょう」

高校に入ってすぐに、織江はなぜだかクラスのいじめの対象になってしまった。後から考えると、中学の時と同じつもりで、最初にはしゃぎすぎた、目立ちすぎたのが原因だったのかも知れない。そこそこの進学校だった織江の高校は、雰囲気そのものが陰気で、教師も生徒も活気がなく、織江はついに卒業まで馴染むことが出来なかった。だが、高校で嫌われ者だったことは、家族にも中学時代の同級生にも、その後、知り合いになった誰にも言ってはいない。口が裂けても、言いたくはなかった。

「それにしたって、まあ、一体何をしゃべくりあってたら、あんな夜中にまでなるんだ？」

「何となく──昔の思い出話とか、友だちの噂なんか聞いてるうちに、時間が過ぎちゃったんだったら」

「常識で考えろよな。俺だって、せっかくの休みに、結局二日間ともチビの相手じゃ、ちっとも休まりゃしないんだから」

　子どもたちがテレビに夢中になっている間、織江はずっと嫌みを言われ続けなければならなかった。とにかく、ひたすら「ごめんなさい」を繰り返し、胃の薬を飲んで、その日は終わってしまった。

　週が明けると、織江の日常が戻ってきた。慌ただしく夫と子どもたちを送り出し、テレビのワイドショーをつけっ放しにしたままで、汚れた食器を片づけ、洗濯機を回して、さらに掃除機をかけ始めたところで電話が鳴った。

「織江？　あなた、大丈夫だった？」

　受話器の向こうの声に聞き覚えはなかった。それが同窓会で会った友人だと分かった途端に、織江は「何だぁ」と打ち解けた口調になった。

「もう、心配したんだからね。さんざん、探したのよ」

「何が？」

「何がじゃないわよ、もう。タクシーを降りるなり、一人ですたすた歩いて行っちゃったんじゃないの」

　旧姓を大野政代といった友人に言われて、織江は初めて、一昨日のことを考えた。昨日の午前中は、何を考えるのも面倒なほどに二日酔いがひどかったし、午後からは夫と子どもに囲まれて、あれこれと騒いでいるうちに過ぎてしまったからだ。夫は、嫌みだけはたっぷり言ったが、「どうだった」とも聞いてはくれなかったから、余計に何も思い出さなかったのかも知れない。

「実は、ねえ」

一昨日のことは途中から記憶にないのだと白状すると、受話器の向こうで素《す》っ頓狂《とんきょう》な声が「嘘！」と言った。

「本当だったら。気がついたら、一人で歌舞伎町に取り残されてたんだもの」

「嫌あねえ、もう。それで、大丈夫だったの？」

「何とかね。昨日の朝は、ちゃんと家のベッドで寝てたから。どうにか帰り着いたみたい」

家庭を持ちながら、現在も仕事を続けている彼女は、深々とため息をつきながら、織江はそれほど酔っているようには見えなかったと言った。新宿に着き、一人がタクシー料金を払っている間に、何かの用事でもあるように、どんどん歩き出してしまったのだという。取り残された彼女たちは、それからしばらくの間、歌舞伎町界隈を歩き回って織江を探したが、結局は見つからなかったのだそうだ。

「それ、何時頃のこと？」

「まだ十時前だったわよ、九時半か、四十分か——嫌だ、そんなことも覚えてないわけ？」

織江には何を言い返すことも出来なかった。結局、織江を探すことを諦《あきら》めて、残った三人で二時間ほどカラオケをしてから帰ったのだと聞かされても、ただ「そう」と答えるより他はなかった。彼女たちを責める筋合いのものでもない。第一、はぐれてしまった後の自分の行動も、はっきりと思い出せないのだ。

「とにかく、大事に至らなくて良かったわ。本当は一昨日も昨日も、お宅に電話しようかと思ったんだけど、下手なこと言って、ご主人に心配かけても悪いかなと思って。ほら、もしかしたら、同窓会にかこつけて、デートの約束か何か、してたかも知れない、とかね」

「嫌あね、そんなこと、あるわけないじゃない。うちは、夫一筋でございます」

「あらまあ、それは失礼いたしました。まあね、今の織江だったら、いかにもそういう雰囲気よね」

「それじゃあ、昔の私だったら、何でもしでかしそうってことじゃないの」

「だって、あの頃の織江は、もっと自由で活発だったもの」

「――子どもだっただけよ」

それから数分ほど雑談をして、今度は気の合った友人だけで会おうなどと軽い口約束を交わした後、彼女は「今、会社だから」と言って電話を切った。織江は、喋っている間に洗い上がった洗濯物をベランダに干しながら、改めて一昨日のことを考えた。

――あんな会なんか、出るんじゃなかった。

卒業以来、初めて出席する同窓会だったのだ。それまでは知らせを受け取る度《たび》に、何度となく破り捨てて、切ない思いをしてきた、いわば憧れの同窓会だった。今回、通知を受け取ったときにだって、織江は随分迷い、それでも今の自分ならば、落ち着いて旧友の前に出られるに違いないと何度も自分に言い聞かせて、大決心をして出席を決めた。それなりに張り切って、へそくりで新しいスーツも買い、美容室にも行って、当日は気分良く出かけられるようにと、あれこれ思いを巡らして、夫の機嫌を取りながら、その日を待った。

「同窓会なんて、そんなもんだって」

今さっき電話をくれた政代が、二次会に移ってすぐにそう言ったことが思い出された。

「大抵は、がっかりするものなのよ。いつまでも小娘じゃないんだもの。私たち、いくつだと思ってるの？」

「——厄年《やくどし》よねえ、女の大厄」

「でしょう？　三十二っていったら、どこからみたって、正真正銘の大人だわよ。それまで、色んなことがあって当然なんだし、変わってて当たり前なのよ」

子どもたちの小さな衣類を干しながら、織江はそんなやりとりを思い出した。

「第一、あんただって、すごく変わったじゃないの。まさか、あの織江が、こんなにおしとやかな奥様になってるなんて、考えもしなかったわ」

まるで、頭に開いた小さな穴から、細く頼りない紐をたぐり寄せるような感覚で、少しずつ少しずつ、時間がつなぎ合わさっていく。やがて、まだ酔う前の、同窓会の席でのことが、あれこれと思い出されてきた。

　変わった、変わったと、織江は周り中から言われた。だが、変わったのは、何も織江だけではなかった。

　中学時代は、クラスで一番の劣等生だった娘は、開業医の妻におさまったという話だった。いつも卑屈な笑みを浮かべて姑息《こそく》に立ち回っていたはずの彼女が、見るからに高価な宝石の類《たぐい》を身体中にちりばめて、見る人が見れば有名なデザイナーの手によるものだと分かる服に身を包み、いかにも自信たっぷりに振る舞う様子を、織江たちは少し離れた席から、呆れたように眺めていた。

　真面目でおとなしかった少女は、何かのセールスをしているという話で、妙に厚化粧の水っぽい女に変貌していたし、美人で成績も良かった子は、東大出のエリートと結婚したという話だったが、やたらと子沢山《こだくさん》になって、全体に貧乏くさく、面やつれして見えた。

　もちろん、男子の変化も目をみはるものがあった。乱暴で手のつけられなかった少年は、如才ない笑みを浮かべながら、方々に名刺を配って歩いていたし、長身でスマートで、女子に圧倒的に支持されていた少年は、気の毒なくらいに髪が減り、幾分猫背にもなって、誰よりも老けて見え、ひ弱で目立たなかった少年が、恰幅の良い若手実業家になっていた。

やはり、という変化を見せている人たちと、あの人が？　という人たちの集団は、一見すると年齢さえもまちまちに見え、お互いの上を流れた時の違いを、まざまざと見せつけるものだった。

それでも、最初のうちは懐かしさと物珍しさとで、織江もそれなりに楽しかったのだ。久しぶりに顔を見せた織江には、絶えず誰かが声をかけてくれたし、お互いに近況を報告しあいながら、朗らかな声を出して笑うことも少なくはなかった。だが、二時間あまりの会が終わる頃には、織江は、奇妙な劣等感を植え付けられ、重苦しい疲労感と苛立《いらだ》たしさを覚えなければならなかった。そして、そのことに自分自身で慌てていた。

——人は人。自分は自分じゃない。

何度そう言い聞かせたか分からない。だが、うんざりするほど「変わったね」と言われ続けるうち、織江は、自分が何かしら間違った道を歩んできてしまっているような気持ちにさせられていった。

「織江って、もっとバリバリ仕事する人になってると思ってた」

「あれ、あの頃は確かニュースキャスターになりたいとかって、言ってなかった？」

「何だか不思議ねえ、あんなにお転婆で、皆の先頭を切って動きたがるような子だった織江が、へえ、普通のお母さんなんだ」

穏やかに微笑みながら、織江は次第に「何が悪いの」という気持ちになり始めていた。仕方がないではないか、三年間の高校生活が、織江を無気力で目立たない性格に変えてしまったのだ。十代の半ばにして、織江は「出る杭は打たれる」という言葉を身体で学んでいた。以来、平凡でも地味でも構わない、とにかく下手な自己主張などするものではない、ある程度の妥協をしながら、周囲に波風を立てず、穏やかに生活していくことこそが大切なのだと、そう自分に言い聞かせながら、生きてきた。第一に選ぶべきなのは安全と平穏に違いないのだと。

——それが、私でしょう？　何をそんなに落ち込む必要があるのよ。

動揺する自分が嫌だった。第一、織江は高校を卒業してからの人生を後悔しているわけでもなく、今の生活にも、取り立てて不満があるわけではない。

推薦入学で入った短大を卒業すると、織江は一年あまりだけＯＬを経験し、同じ職場にいた今の夫と結婚した。織江よりも六歳年上の彼は、少しばかり口うるさい保守的な男だが、健康でよく働くし、二人の子どもを可愛がってくれている。その子どもたちは、確かにまだ手はかかるものの、日増しに成長して可愛らしさを増し、女の子らしくもなってきた。家庭に波風が立つことなどはまずないし、嫁姑の問題などに頭を痛めることもなく、今のところは社宅暮らしではあるが、近所づきあいもそれなりにうまくこなしている。

家族四人での生活が、このままいつまでも続けば良い、そして、やがて子どもたちが独立したら、後は、夫婦水入らずでのんびりと過ごせれば、それだけで十分、穏やかな人生ではないかと、いつも思っている。それなのに、あの時の織江は、奇妙な惨めさを感じていた。自分とは異なる様々な人生を歩んでいる友人たちを眺めているうちに、自分だけが、いつの間にかひどく価値のない、つまらない生き方をしてしまっているような気持ちにさせられた。

そのことに気付き、内心で慌てたからこそ余計に、二次会の席では、かつて気が合っていた友人たちと、その日に見かけた誰彼《だれかれ》に対する印象、同窓会に現れなかった人の噂話に花を咲かせ、何とかして自分を納得させようとした。その結果、あんなに飲み過ぎてしまったのだ。

「織江はね、贅沢なのよ」

二次会の席で言われた台詞《せりふ》が、再びするりと蘇ってきた。

「無い物ねだりっていうのよ、そういうの。私から見れば、いい相手と結婚して、子どもも産んで、すっかり落ち着いた奥様になってるなんて、一番幸せなことじゃないの」

一度は結婚したものの、数年後には離婚して、今は一人で生活しているという友人だった。彼女は、一見すれば、家庭におさまっている主婦などとは別の生き物のように、隙のない服装に身を包み、酒の飲み方も慣れていて、いかにも人生を楽しんでいるように見えた。一次会では、それなりに張り切った表情を見せて、明らかに所帯じみてきている友人たちを尻目に、若々しく、颯爽《さっそう》と振る舞っていた彼女は、だが二次会の席に移ってからは、年齢相応の疲労を横顔に漂わせて、そんなことを言った。

「そんなことにショック受けてて、どうするのよ」

「だって――あそこまで『変わった』『変わった』って言われたら――」

「変わらない人なんか、いるわけないじゃないよ。『あら、あなたもね』って、言ってやれば良かったのよ」

それでも、割り切れない思いを振り払うことは出来なかった。結局、いくら気が合っていた友とでも、当たり障りのない話題しか選ぶことが出来ず、何も数年ぶりに会った人に話すべきことでもないような、子どもの話や安売りの薬局チェーン店の話、テレビ番組の話などしか、共通の話題が見つからなかった。そして、酔いが回るに連れ、「つまらない」「つまらない」という叫びが、自分の中で膨れ上がるのを感じないわけにいかなかった。それを、意味のない乾いた笑いで吹き飛ばそうとしているうちに、どんどんと酔ってしまったのだ。

――それから、どうしたんだったかしら。

気がつくと、洗濯物を干す手を宙に止めて、織江は真剣に考え始めていた。六本木のバーを出た辺りまでは、何となく覚えているのだ。だが、その後のことになると、どうにも曖昧で、よく分からない。いつ、どこでタクシーを降りたのか、友人は一人で歩き出したと言っていたが、一体、どこへ向かって歩いたのか、どこをどうやって帰ってきたのか。

――何、してたんだろう。

思い出そうとすればするほど分からなくなる。それどころか、あの夜の酔いまでが戻ってきそうで、織江はため息をつきながら、とにかく残りの洗濯物を干してしまうと、不安を引きずったまま、手早く家事の残りを済ませ、夕食の買い物に出ることにした。ついでに、一昨日着たスーツをクリーニングに出してしまおうと思い立って、寝室に戻る。開け放った窓からは、秋の穏やかな日射しが入り、金木犀《きんもくせい》の花の香りを含んだ乾いた風が、カーテンを柔らかく揺らしていた。

——でも、服だって汚れてないし、どこも傷んでもいないんだから、大したことはしてないわ。

クローゼットから取り出したスーツを点検して、織江は自分に「仕方がない」と言い聞かせた。もう二度と、あんな酒の飲み方をしないことを自分に誓って、あの夜のことは、早く忘れてしまうに限る。

ふと、一昨日持って出たショルダーバッグに目がとまった。普段は滅多に使わないバッグは、改めて手にとって確かめても、傷らしいものさえついていない。つまり、酔って暴れたり、転んで醜態をさらすような真似はしていないということだと、織江は自分に言い聞かせた。ついでに、バッグの中を空にしておこうと思って中を覗くと、普段の持ち物に混ざって、見覚えのない包みが入っているのに気がついた。

「——」

手のひらにのる程度の大きさで、いびつな形をしているそれは、厚さにすれば二、三センチというところだろうか。だが、それは思ったよりもしっかりとした重みがあった。

織江はベッドの端に腰を下ろし、少しの間、バッグから取り出した包みを眺めていた。何の包みかが分からない。だが、そういえば、どこかで見たような気もする。それに、自分でしまったのでなければ、織江のバッグに入っているはずもない。

――代わりに、これ、あげるから。

記憶の彼方で、誰かの声が聞こえた。だが、それが誰の声なのか、どこで、どういう場面での出来事だったのかが分からない。スーパーのポリ袋の中で、さらに何かの包装紙でくるまれているから、一見すると生ものでも入っていそうな感じもするが、外から触っただけでも、何か堅い物だということが分かるし、第一、この重さと大きさとが、釣り合わない気がした。

袋から取り出し、包装紙を解きにかかった段階で、織江は何となく嫌な気分になり始めていた。奇妙に鼓動が速まっている。大体、その形が嫌だった。剣山にしては大きいし、その割には丸くも四角くもなく、何とも不安定な形状に見えるのだ。

そして次の瞬間、織江は息を呑んだ。膝の上に広げられた紙の中から出てきたそれは、小さな、手のひらにのるほどの黒っぽい拳銃だった。

3

しばらくの間は、手を触れる気にもなれず、織江はただそれを見つめていた。何という馬鹿馬鹿しいものを持って帰ってきたのだろうか。どうしてこんな物が、自分のバッグに入っているのだろうかと思った。

第一、こんなものを、どこで手に入れてきたのだろう。織江は、今度は本気で一昨日のことを思い出そうとした。新宿でタクシーを降りた後のことだ。小さな場面でも何でも良いから、少しでも思い出せば、そこから何かがつながってくるはずだ。

——これ、あげるから。

再び、誰かの影が蘇った。そう、誰かがこの包みを差し出しながら、言ったのだ。それを、織江は受け取った。「ありがとう」とか何とか、言ったかも知れない。

——サンキュ。おばさんも、気をつけてね。

そうだ。笑顔で手を振る少女がいた。どこで知り合ったのかは分からないが、織江がタクシーに乗り込むまで、一人の少女が傍にいたと思う。あれは、誰だったのだろう。どんな顔をしていただろうか。

「ああ、駄目。思い出せない」

顔立ちも服装も、まるで思い出せない。あんな子どもと知り合う理由があったとは思えないし、妙に広々とした、がらんとしたところにいたような気がするが、それがどこだったかも判然としないのだ。今度は二日酔いではなく、本当に頭痛がしてきそうだった。織江は、中指でこめかみを押さえながら、とにかく気持ちを落ち着かせようとした。

——まさか。本物のはずがない。質《たち》の悪い冗談よ。

だが、本物と偽物とを、どう見極めれば良いのかが分からなかった。一見した限りでは、それは玩具《おもちゃ》にしては、あまりにもリアルに出来ているように見えた。

「――玩具に、決まってるわ。本気で慌てるなんて、そっちの方がどうかしてるのよ」

それでも、織江の膝の上にのっているその拳銃には、笑い飛ばせないほどの不気味な重みがあった。少なくとも、プラスチックなどで出来ている物ではないことは、その重みが語っていると思う。

「――」

しばらく見つめ続けた後、織江は恐る恐る、手を伸ばした。万に一つも本物だったら危険だとは思ったが、とにかくもっとよく見て確かめなければいけない。

それは、指先で軽くつまみ上げられるようなものではなかった。それこそ、活け花に使用する剣山のような、大きさとは不釣り合いな重さ。握りの部分のざらりとした感触が、その重みと共に、手のひらになじもうとする。

――引き金さえ引かなければ。

半月形の引き金にだけは触れるまいと、必要以上に神経を尖らせながら、織江はそれを隅々まで観察した。

全体の長さは、十センチよりも多少長いという程度だと思う。握りの部分以外はほとんどが艶《つや》のない黒で、触れるとひんやりと滑らかな感触があり、何だかミシン油のような匂いがしてくる。銃身の部分には、左右に文字が刻まれていて、織江はそこから「C

OLT」という文字と、馬を象《かたど》ったマークの刻印を読みとった。いくら、こういうものに疎《うと》いとはいえ、「コルト」という名前くらいは聞いたことがある。

握りの部分には、左右に小さな丸いメダルのようなものが埋め込んであり、そこにも馬のマークが刻まれている。さらに、ネジらしいものと、人に向けたときに左にくる側面だけには、下の部分に丸いボタンのようなものがあった。ここを押すと、どういうことが起きるのか、試してみたい気持ちが働いたが、もしも本物の拳銃だとしたら、滅多なことは出来ないと自分に言い聞かせて、織江はそれを我慢した。

——案外、すべすべしてるのねえ。

つい、銃身の辺りを指の腹で撫《な》でながら、織江はそんなことを考えていた。恐る恐る、銃口の中を覗き込んでみると、中は、ぽっかりと穴が開いているだけで、取り立てて変わった感じもしない。一体、どこを見れば玩具かどうかということが分かるのだろうかと考えながら、織江はしばらくの間、その物体を眺め回していた。

——撃ってみればいいんだわ。

だが次の瞬間には、慌ててその考えを打ち消した。もしも本物だったら、大変なことになる。銃声を聞きつけて、隣近所の誰かがやってきたら、それこそ、どう言ってごまかせば良いのか分からないではないか。

——でも、玩具よ、絶対。

まさか自分が、こんな玩具を喜んで受け取るとは考えにくかったが、ああいう酔い方をすること自体、これまでの織江からは想像もできないことなのだから、玩具のピストルくらいもらってきたとしたって、何の不思議もないと思う。織江の夫だって、酔った勢いで、時折おかしな土産物を買ってくることがあるではないか。娘たちに弾かせるのだと言って、ウクレレを買ってきたこともあったし、ガラス板の上を張り付きながら降りてくる、いかにも気味の悪い玩具、それに、今時どこで見つけたのか、シーモンキーなどというものを買ってきたこともある。何という馬鹿げた物ばかりを買ってくるのだと、織江が呆れて文句を言っても、翌日の夫はまるで覚えていないことが多く、逆に憮然とした表情になって怒ることさえあるくらいだ。

「——嫌だわ。似たもの夫婦になってきたっていうこと？」

つい、苦笑を洩《も》らしながら、織江はこんな玩具など、燃えないゴミの日にでも出してしまえば良いのだと思った。そうすれば、こんな馬鹿げた物のことなど、すぐに忘れてしまうに違いない。むしろ、そうすべきなのだ。そうでなければ、この玩具を見る度に、織江は史上最悪の二日酔いのことと、期待はずれに終わった同窓会のことを思い出さなければならないだろう。

——でも、本物だったら？

ゴミの中から拳銃が発見されたら、きっと大変な騒ぎになるだろう。新聞に記事が出て、警察だって動き出すに決まっている。そして、ゴミを出した家を探し当てられ、織江が拳銃を捨てたことが分かったら——。

「言い訳なんか、出来ない。捕まっちゃう、ここに住めなくなる」

織江は、頭を抱えた。ああ、本当に同窓会になど行くのではなかった、あんな馬鹿な酒の飲み方などするのではなかったと、何度となく後悔したが、すべてはあとの祭りだ。

結局、それから一時間近くもあれこれと思い悩んで、織江はそれを元通りに包み直し、バッグにしまい込んでしまった。そして、大急ぎで出かける支度を始めた。とにかく、本物かどうかを見極めなければならない。

二時過ぎには下の子が帰ってくるから、それまでに戻ってこようと考えながら、慌ただしく家を出ると、織江はまず、駅前の大型書店に飛び込んだ。店員にも相談して、拳銃のことが出ている本や雑誌を探してもらい、見慣れない雑誌のページを繰ってみたが、ありとあらゆる拳銃が出ていても、もともと興味があるわけでもないのだから、すべてが上滑りして、まるで頭の中に入ってこない。第一、写真で見つけたところで、織江の家にあるあれが本物かどうかを確かめることにはならないのだ。

——やっぱり、誰かに相談した方がいいのかしら。

だが、もしも本物だった場合のことを考えると、とても軽々しく相談できることではなかった。酔った挙げ句に拳銃を持って帰ってきたなどとは、夫にだって知られたくはない。織江は仕方なく電車に乗って、家から一番近いデパートまで行くことにした。本物かどうかを見極める為には、偽物の方を見れば良いのだ。

「当店で扱っておりますものといえば、こんなものですね」

ところが、デパートの玩具売場で扱っている玩具の拳銃は、どれも一目見て玩具と分かる代物しかない。

「これ以上に精巧な物がご希望でしたら、モデルガンショップなどに行かれた方がいいと思いますが」

応対に出た若い男子店員は、愛想笑いを浮かべながら、そう言った。

「ですが、小さなお子さまでしたら、こういう色々な機能の付いている、軽くて扱いやすいお品物の方が喜ばれるかと思いますよ」

いかにも親切そうな表情で言われても、織江は返事をするつもりにはなれず、代わりに、この辺りでモデルガンを売っている店を知らないかと訊いてみた。だが、彼は首を傾《かし》げて、困ったように微笑むだけだった。

――どうすれば良いんだろう。

織江は、途方に暮れながら、とにかく隅から隅まで街を歩いた。これまで、モデルガンを売っているような店など、意識したことさえないのだ。子どもは二人とも娘だから、そんな物騒な玩具を欲しがったりもしない。専門店の入っている集合ビルのいくつかにも足を運び、玩具屋やゲーム・ショップなどを覗いて歩いた。やがて、何軒目かにたずねた古い玩具屋の主人が、隣の駅前にあるビルの二階に、小さな模型屋があったはずだがと言ってくれたときには、疲労と空腹とで、自分がいかにも馬鹿げたことをしているような気分になり始めていた。

「模型屋さんで、扱ってるんですね?」

織江は、念を押すように玩具屋の主人を見つめた。彼は、「多分ね」と言って頷《うなず》いた。

「まあ、男の子は、ああいう玩具を好むからねえ。でもね、ああいう店で扱ってるのは、大人のマニアが喜ぶような物だからねえ」

「——頼まれたものですから」

織江は意味のない言い訳をして、満足に礼も言わずに玩具屋を後にした。昼食も取らずに歩き回っているのだから、空腹なのは無理もなかったが、とにかくあれのことが気にかかったままでは、ゆっくりと食事を取ることもできない気分だった。

——これ、あげるから。

ホームで電車を待つ間も、織江はベンチに腰を下ろし、自分に包みを差し出した少女のことを、もっと正確に思い出そうとした。あれは、どこだったのだろうか。あの少女は、誰だったのだろう。だが、いくら考えても無駄だった。胸が苦しくなるような苛立たしさばかりが募り、その他のことは、何も思い出せない。やがて来た電車に乗り込んで、織江は、とにかくあれが玩具であることを祈りながら、隣の街へ向かった。

4

玩具屋の主人が言っていた通り、駅前にある古い雑居ビルの二階に、その店はあった。

入り口の辺りには、ジグソウパズルが並んで、ウィンドーには鉄道の模型が飾られており、足を踏み入れても、プラモデルや精巧なロボットなどが売られているばかりだ。織江は、いかにも場違いな所へ来た気分で、とにかく店内を歩き回った。モデルガンなどという物が、どういうスタイルで売られているのかさえ、想像がつかないのだ。

——ない。ない、ない、ない。

無駄足だったろうか、ここになければ、今度はどこに行けば良いのだろうかと考えながら店員を探すと、店の奥にあるカウンター代わりのショーケースの向こうで、ワイシャツの上から黄色いエプロンをかけている青年が俯いて腰掛けていた。織江は、とにかく彼に尋ねるつもりでショーケースに近付いた。すると、ショーケースの中に、たくさんのモデルガンが並んでいるのが目にとまった。

——あった！

ケースの向こうにいる店員は、ちらりと顔を上げただけで「いらっしゃいませ」とも言わずに、再び俯いてしまう。膝の上には、漫画の雑誌が広げられていた。織江は、おずおずと口を開いた。

「モデルガン、見せていただきたいんだけど」

声をかけると、彼は改めて顔を上げ、無言のまま立ち上がる。青白い顔に、年齢には不相応な程、ひげ剃り跡の目立つ、ぬうっとした感じの青年だった。

「どちらを」

「ええと――」

織江にしてみれば、こんな物のどこが面白いのか、所詮は人を殺す道具の、しかも偽物ではないかと思うのに、ケースの中に整然と並べられたモデルガンたちは、どれも必要以上にもったいをつけているように見えた。織江は、目を皿のようにして、それらを一つ一つ眺めた。

――これ、これだわ。

それは、他の大きなモデルガンに気圧《けお》されるように、目立たず、ひっそりと置かれていた。細かい部分はよく覚えていないが、握りの部分に馬のマークのメダルが埋め込まれているし、他に比べて縮こまっているように見える大きさも、全体の形も、そっくりだと思う。

「――この、この小さいの」

微かに胸を高鳴らせながら、つぶやくように言うと、店員は黙ったままケースを開け、織江が指し示したモデルガンに手を伸ばした。「これですね」と確認した後、どことなく恭《うやうや》しい手つきで取り上げ、彼はそれをショーケースの上に置いた。

「それ、何ていうんですか」

「コルトですね。コルトの、二十五口径《こうけい》」

「――ちょっと、触ってもいい？」

店員は、相変わらずの無表情で「どうぞ」と言う。織江は、さっきと同じように、恐る恐る手を伸ばした。

「――軽いのね」

するとと店員は、表情のない顔のままでゆっくりと頷いた。

「あの――これは本物そっくりなんでしょう?」

「そうですね」

「材質とか、重さとかも、そっくり?」

店員は、妙に自信たっぷりの表情になり、そんなに本物そっくりに作るわけにはいかないのだと答えた。

「あくまでも、模型ですからね。あまりにも実物そっくりだと、間違えられる恐れもありますから、材質も違えてありますし、重さだって、本物と同じというわけには、いかないですよね。それに――」

言いながら、店員はその模型を織江の手から取り戻し、銃口の部分を織江に見えるようにした。

「弾が出ない証拠に、銃口の中につっかえ棒みたいなものが取り付けてあるんです。だから、もしもこうして向けられたとしても、『ああ、玩具だ』って分かるんです」

いよいよ鼓動が速まってくる。たしか、織江の自宅にある拳銃には、こんなつっかえ棒のような物はされていなかったと思う。第一、重さが違うのだ。もっと、ずっと重かった。

——嫌だ、やめてよ。それじゃあ、あれは玩具じゃないっていうことになっちゃうじゃない。

模型店の店員は、こういう店で働くだけのことはあって、それなりのガンマニアらしかった。彼は、織江になど何の興味もない様子で、ケースから出したモデルガンを、慈《いつく》しむように撫で回している。

「これ、正確にはジュニア・コルトのレプリカなんですけど、引き金とか、マガジンとかの部分は、コルト・ポケットに似せてるんですよね。ただ、ハンマーが見えてるタイプっていうのはジュニア・コルトにはなくて、コルト・ポケットっていうのは——」

「それと同じ玩具は、他の会社からは出てないのかしら」

「玩具じゃなくて、レプリカです」

「あら、ごめんなさい。レプリカ」

「このタイプのものは、一社だけです」

「——どうやって撃つの？」

かすれそうな声で尋ねると、店員は、人を小馬鹿にしたような表情のままで、引き金の斜め上、銃身の下の線に添って付いている、楕円形のつまみのようなものを動かした。

「これを下に下ろして、撃鉄《げきてつ》を下ろせば、引き金を引けます。このスライドを引くと、弾が込められて、同時に撃鉄も下がりますから、つまり、いつでも撃てる状態っていうことです。安全装置を、こう、銃身と水平にしておけば、この爪が引っかかってますから、スライドも後ろに下がらないし、つまり、引き金も引けません」

店員が手を動かす度に、小さな拳銃の模型は、かち、かちと密《ひそ》やかな音を立てる。織江は、ついさっき、自分の寝室で眺めていた拳銃のことを思った。どこもかしこも恐ろしく思われたから、何をどう触れれば良いのか分からなかったが、なるほど、そういう説明を受ければ、多少は安心だという気もする。

「――弾、は？」

店員は、今度はわずかに冷笑のようなものを浮かべながら、これはモデルガンなのだから、弾は出ないのだと、嚙《か》んで含めるような口調で答えた。銃口を塞《ふさ》いであるのだから、弾が出ないことぐらいは織江にだって理解できる。

「つまり、じゃあ、これには弾は入らないっていうことなの？　ただ、カチカチやって遊ぶだけ？」

「弾倉《だんそう》はありますし、弾もあります。ただ、何度も言いますけど、弾を飛び出させるわけにはいかないんで、弾に別売りの火薬を詰めて、発射音だけさせるって感じですかね」

「――弾は、どこに入るの」

織江は、食い入るように拳銃を見つめながら言った。ちらりと顔を上げれば、店員は、ますます小馬鹿にしたような表情になり、「グリップの中ですよ」と答える。そして、拳銃の握りの部分についている、丸いボタンのようなものを押した。すると、その下方から、何かが飛び出した。

「これが、マガジン、ああ、弾倉ですから。ここに弾を込めて——」

握りの部分に内蔵されていた弾倉を引き出して、店員はそこに付属品らしい、金色の小さな銃弾を一つずつ押し込み始めた。織江は息を呑んで、彼の仕草の一つ一つを見つめていた。

「——で、弾が入ったら、弾倉を戻して、ストッパーをはずし、それからスライドを、こう、引くと、弾が装塡《そうてん》されるんで、引き金に指をかける、と」

「前から出ないようになってるんだったら、その弾は、どうなるの？」

もはや店員は諦めたような表情で、右手で拳銃を握りしめたまま、左の手でさっきから彼がスライドと呼んでいる、銃身を包み込んでいるカバーのようなものを左右から挟み込むように持つと、その手を強く手前に引いた。すると、一瞬、小指ほどの太さの銃身が顔を出し、右脇にある穴から、銃弾が飛び出してきた。

「こうすると、次の弾が押し出されて、ついでに撃鉄も押し下げられますから、また、撃てる、と」

「——なるほど」

「この弾は六発が付属品ですけど、火薬は別売りになります。それに、補充の弾が必要な場合は、同じ規格のものを買っていただかないとなりません」

「——」

「火薬を詰めて撃った後は、放っておいたら、すぐに錆びますから、丁寧に水洗いをしてもらって、水気を切った後で、潤滑《じゅんかつ》スプレーでちゃんと手入れをしてもらわないと——」

「ねえ」

「はい」

「それ、ポピュラーな拳銃なの？」

「まあ、メインに使うのはやっぱり三十八口径とかですよね」

——何のメインに使うっていうの。

「これは、護身用っていうか、いざというときのために持つ物なわけですから、殺傷能力も低いし、まあ、普通はブーツの中に隠しておいたり、車のダッシュボードにしまっておいたり、とか」

「そうじゃなくて、現実に」

「銃身が短いですから、ちょっと離れちゃうと、そう滅多に当たらないんですよね。外人なんかだったら、こんな弾の二、三発ぐらい、よっぽど当たり所が——現実？」

織江は、慌てて取り繕《つくろ》う笑みを浮かべながら、つまり、これはありふれた拳銃なのかどうか、と聞き直した。

「たとえばよ、たとえば、最近、普通の人が、拳銃を持ってたり、簡単に買えたりするって、そんなニュースを聞くこと、あるでしょう？　つまり、そういう際に売り買いされる拳銃の類に、入っているのかしらっていうことなんだけど」

「そういう意味でなら、結構ポピュラーなんじゃ、ないですかね」

「新宿、とかでも手に入るものかしら」

何か、とてつもなく危険な話をしている気がする。だが店員は、しごく淡々とした表情のままで、新宿あたりならば入手も困難ではないだろうと言った。

「ここにある、このトカレフなんかは、よく新聞にも出たりしてますけど、コルト・ポケットの類も、小さいし手軽だし、案外簡単に入手出来るっていう話は聞くかな――ちょっと、これ以上はヤバいんですよ。うちも、こういうものを扱ってるっていうだけで、どうしても目をつけられやすいんで」

「誰から？」

「誰からって、そりゃあ、取り締まる方から」

なるほどね、などと頷きながら、織江はもうほとんど、店員の話を聞く気になれなかった。とにかく、重みが違うのだ。それに、銃口の中にも、つっかえ棒のようなものはなかったと思う。銃身に刻印されている部分も、少し違っていたような気がする。

「それ、いただいていくわ」

せかせかと財布を取り出しながら言うと、店員は初めて驚いたような表情になった。普段着のスカートに薄手のニットのカーディガンを羽織っただけの、どこから見ても家庭の主婦にしか見えないに違いない織江は、それから店員に勧められるままに、玩具の弾に詰める火薬と、潤滑スプレーまで買い込んで、大急ぎで家路についた。

自宅に戻ると、織江は再びバッグの中の拳銃を取り出し、買ってきたばかりのモデルガンも梱包を解いて、改めて二つを比べてみた。

――ほとんど見分けがつかない。

だが、両手に一つずつ持ってみると、明らかに重さが違う。買ってきたモデルガンは、よく見れば握りの部分にはめ込んである馬のマークも少しばかりちゃちだし、握りそのものの色合いは似ているが、材質が違うせいか、新宿から持ち帰った物の方が、何となく温もりのようなものがある。さらに、モデルガンの方にはある、銃口をふさぐ棒のようなものが、はめられていない。

――つまり、こういうこと？　これは、市販されてるモデルガンにしちゃあ、ちょっと出来過ぎてるって。もしかすると本物の、ジュニア・コルトとかっていう、その気になれば人を殺せる道具だっていう？

織江は、ひとまず持ち帰ってきた方の拳銃を注意深く手放すと、モデルガンを握りしめ、ガンショップの店員が操作していた通りの真似をしてみた。引き金の上にあるストッパーを外して、撃鉄を静かに下ろす。最初から玩具だと分かっているのだから、大した注意も払わずに、織江は一連の動作を、いかにも容易にやってのけた。拳銃を構えて、引き金に指をかけることさえ、我ながら初めてとは思えないほどに落ち着いていると思う。

ゆっくり、しずかに引き金を引く。

思ったよりも堅い引き金は、遊びのようなものもなく、ある程度の力を加えたところで、急に手前に動いた。かちり、と冷たい音がして、撃鉄が戻った。その瞬間、ほっとした反面、奇妙な物足りなさが、織江の中に広がった。引き金を引いて、何も飛び出さないなんて。

——これと同じ動作でやれば、いいはず。

ゆっくりと息を吐き出しながらモデルガンをベッドの上に置き、織江は改めてもう一つの拳銃に手を伸ばした。ストッパーがかかっていることを確認した上で、まずはモデルガンと同様に、グリップの下方についている黒いボタンを押してみると、弾倉が飛び出してきた。引き抜けば確かに弾が込められている。それでもまだ、それが本物かどうかを見分けることが出来ない自分に織江は苛立った。

簡単なことだ。試しに撃ってみれば良い。そして、弾が飛び出すようならば、これは間違いなく本物の拳銃ということになる。

あまりにも気軽に、そう決断を下そうとしている自分に気が付いて、織江は慌てた。だからといって、簡単に撃つわけにはいかない。犯罪になる。いや、こうして持っているだけでも捕まってしまう代物なのだ。こんなちっぽけな、玩具と区別がつかないような物でも。

——でも、本物かどうか分からないんじゃあ、どうすることも出来ないじゃないの。

頭が混乱しそうだった。どうして、こんな物を持って帰ってきてしまったのかと思うと、今更ながらに一昨日のことが悔やまれてならない。どこの誰から渡されたのかも分からないのでは、夫に相談したって大目玉を食うに決まっているし、警察に届けても、変な疑いをかけられることは間違いないだろう。

——確かめるべきよ。

チェストの上の時計を見れば、既に午後一時半を回っている。ぐずぐずしている場合ではなかった。もうすぐ、子どもたちが帰ってくるのだ。おやつも用意してやらなければならないし、今日は二人の水泳教室の日だった。そうなれば知り合いにも会うし、少しはお喋りをして、買い物をして、帰宅したらすぐに夕食の支度にとりかかり、そうこうするうちに日が暮れる。夜になれば夫も帰ってきて、織江はまた、日常に振り回されなければならないだろう。そうしたことを、こんな小さな物に気を取られながらこなすなんて、とてもたまらないと思う。

——玩具だって分かれば、笑い話に出来るんだから。

そう結論を下すと、織江は立ち上がった。めまぐるしく考えを巡らした結果、まずは、押入の奥から、そろそろ捨てようかと考えていた古い毛布を二枚引っぱり出してきて、小さく折り畳んで重ねた。さらに、もらいもののクッキーが入っていた缶を持ってくる。模型屋の店員は、このコルトは殺傷能力という点では低いと言っていたはずだ。それならば、さほどの威力はないということになる。これだけ重ねた毛布と缶の両方を貫通するはずがないと思った。

――それも、本物の場合っていうことなんだから。

何だか、自分がひどく馬鹿馬鹿しいことをしているような気がする。だが織江は忙しく動き回り、家中の戸締まりを確認し、カーテンを引いた上で、居間のテレビとステレオのスイッチを入れた。そして、最後に少し考えた挙げ句、居間のロウ・テーブルをひっくり返して、普段は滅多に見ることもない、テーブルの裏側を天井に向けた。その上にクッキーの缶を置き、さらに毛布を重ねる。それだけで、およそ三十センチの厚みが出来た。そこまで準備の整った段階で、額に汗を滲ませながら、織江は寝室からあれを取ってきた。

――馬鹿みたいって、きっと笑えるわ。

鼓動が速まっている。空腹は忘れていたが、喉がひどく渇いていた。近所から苦情が出るのではないかと思うほどの、頭痛寸前の音量まで、テレビとステレオのボリュームを上げたから、室内には人の話し声と音楽とが鳴り響いている。その騒音の中で、織江はコルトのストッパーを外した。

仁王立ちになり、撃鉄を下ろし、右手で握りしめた拳銃の銃口を毛布に押しつける。手のひらには、びっしょり汗をかいて、引き金にかけた人指し指も滑りそうだ。ああ、何てうるさいんだろう。子どもたちが、ほんの少しテレビのボリュームを上げただけでも文句を言う自分が、こんな音の洪水の中で、何をしようとしているんだろうか。

――一、二の。

三と思うより先に、人指し指が動いた。その瞬間、乾いた炸裂音が上がり、同時に、右手に強い反動を感じた。

――嘘っ！

まさしく心臓が止まりそうだった。

織江は、呆然《ぼうぜん》となったまま、銃口を押しつけたままの毛布の山を見つめていた。毛布からか拳銃からか分からないが、微かな白い煙が上がっていた。火薬の匂いが鼻腔をかすめる。その匂いを胸に吸い込み、薄く漂い、消えていく煙を眺めながら、織江は手の痺れを感じていた。

――撃っちゃった。本当に、撃っちゃった。

どのくらいの間、呆然としていたのか、ようやく我に返って毛布を見てみると、銃口を押しつけていた辺りには、確かに小さな穴が開き、周囲がわずかに変色している。全身ががくがくと震えてきた。やっとの思いで腰を屈め、毛布を持ち上げてみたが、ロウ・テーブルにも、毛布の下の空き缶にも、穴は開いていなかった。小さな拳銃から発射された小さな弾は、幾重にも折り畳まれた毛布を四分の三ほど貫いただけで、途中に埋まっていた。織江は、毛布の中から少しばかり歪んで見える弾を見つけ出して、ほっと胸を撫で下ろした。だが、次の瞬間には、新たな恐怖心にとらわれた。いくらクッキーの缶やテーブルまでは傷つかなかったとはいえ、人間の皮膚ならば、軽く破ってしまうに違いないと気付いたからだ。

——どんなに小さくたって、拳銃は拳銃。

そのことを改めて思い知らされた気分だった。そして織江は大急ぎで毛布と空き缶を片づけ、テーブルも元通りにして、テレビとステレオのスイッチを切った。カーテンを開け、さらに空気を入れ換えるために窓を開ける時には、近所の誰かがこちらの様子を窺《うかが》っているのではないかと気が気ではなかったが、幸いなことに、あの小さな乾いた銃声に気づいた人はいないようだった。

——嘘みたい。私が、拳銃を撃つなんて。この手で、この指で、引き金を引いたなんて。

つい、ぼんやりしていると、玄関のチャイムが鳴ったから、織江は飛び上がるほどに驚いた。慌てて立ち上がり、玄関に向かいかけて、まだ右手に拳銃を持っていることに気がついた。パニックを起こしかけて、結局、苦し紛れに普段使っているバッグに拳銃を押し込むと、織江は普段以上の笑顔で、学校から帰ってきた娘を出迎えた。

「学校、どうだった?」

「——普通だよ」

「さあさあ、おやつ、食べましょうか。すぐ、用意してあげるから」

心なしか、このところ少しばかり元気がなく見える下の娘にホットケーキを焼いてやり、その日、学校であったことを聞いていると、やがて上の娘も帰ってきて、それから宅配便が届き、新聞の集金も来て、織江は急に慌ただしく動き回らなければならなくなった。乾いた洗濯物を取り込み、夕食の下ごしらえをして、午後四時を回った頃には、娘たちを急《せ》かして、水泳教室に行く支度をさせる。そして、織江は日常に戻った。

5

数日後、織江は小さなポーチを買った。白い綿サテンに可愛らしいレースをあしらってある、小判型の清潔そうな化粧ポーチだ。普段の織江ならばまず選ばないような類の、いかにも少女趣味の品に、織江はきれいなハンカチに包んだジュニア・コルトをしまい込んだ。そして、肌身離さず持ち歩くようになった。

最初は、しまう場所に困って、バッグに入れてしまったのがきっかけだった。子どもを水泳教室に連れていって、見学者用のスペースで待っている間、ティッシュペーパーを取り出そうとバッグを開けた途端に、織江は心臓が止まりそうになった。そこに、あの小さな武器が、当たり前のように入っていたからだ。誰かに見られたのではないかと、とっさに周囲を見回したが、幸いなことに、付近に人はいなかった。それに、織江と同様に我が子の泳ぐ姿を眺めている保護者たちは、口だけは動かしながらも、視線は常にガラスの向こうの我が子を追っている。隣の人間のバッグの中身になど興味を抱く者はいなかった。

――私は今、拳銃を持ってる。

ガラス窓を通して、子どもたちが水しぶきを上げているのが見えた。保護者の評判もなかなかの、織江たちよりも少し若い水泳のコーチが鳴らす笛の音も微かに聞こえてきた。全てが見慣れた光景だった。それなのに織江には、それらの何もかもが自分とは無縁の、遠い世界の出来事のようにしか見えなかった。ここにいる誰一人として、織江のバッグの中身を知らない、本物の拳銃を持ち歩いていることを知らないのだと思うと、緊張と共に不思議な興奮が湧き起こって来た。

——あんな身体にも、穴が開くんだわ。私の人指し指一本で。

膝の上のバッグの縁《ふち》を強く握りしめながら、美しく発達した筋肉を惜しげもなく見せつけている若いコーチを眺めながら、織江は漠然とそんなことを考えていた。引き金を引いた瞬間の、あの手応えが手に残っている。それは、モデルガンの比ではなかった。親指の内側の辺りが、今でもわずかに痺れているくらいだ。

——この手で拳銃を撃った。

誰かに知られたら、即座に捕まってしまう。こんなことならば、やはり何もしないままの状態で夫に見せるべきだったかも知れない。または、落とし物のふりをして交番にでも届ければ良かったのだ。あれこれと考えているうちに、やはり同窓会の夜のことに気持ちが戻った。どれだけ悔やめば良いのだろうかと思うと、悪気はないにしても、織江を不快にさせた同級生にまで恨めしい気持ちが湧いてきた。

だがその一方では、不思議な興奮が全身を包み込んでいるのだ。もしも今、バッグからあれを取り出して構えたら、とんでもないパニックが起きるに違いないと思うと、まるで違う世界が開けるような気さえした。

そんなことをするはずがないと分かっていながら、織江は、人々に向けて、この小さなコルトを構える自分の姿を想像した。どこから見ても平凡な主婦の自分が、人から「おばさん」と呼ばれることにも慣れ、いつの間にか鏡に映る自分自身に微笑みかけることもなくなってきた自分が、手のひらで包み込めるほどの拳銃を構えたら、最初は皆で笑うに違いない。だが、そうしたら試しに一発、撃ってやれば良いのだ。それで、彼らは織江の手にあるものが本物の拳銃だと知るだろう。恐怖にひきつった顔、悲鳴、慌てふためく人たち——そんな、映画のような光景を思い描くだけで、胸のもやもやが晴れる気がする。

——だって、何だか気持ち良かった。

面白がっている場合ではない。それは十分に承知していた。それなのに織江は、たまらなく愉快で、楽しくなってきた自分を認めないわけにはいかなかった。こんなにワクワクするなんて、重大な秘密を抱えて心を躍らせるなんて、まさしく中学の時以来だと思った。

やがて、コーチの号令に合わせて、子どもたちが一斉にプールから上がり、ぞろぞろと飛び込み台の方へ歩いていくと、二人ずつの組になって、並んで飛び込み台に上がった。

「よーい！」

次の瞬間、コーチが天井へ向けて構えたピストルから、パーンという乾いた音が聞こえてきた。その音を聞いたとき、織江は思わずくすりと笑ってしまった。

「どうしたの？　何だか、楽しそう」

少し離れた席に座っていた母親仲間が、不思議そうな顔でこちらを見た。織江は口元をほころばせたまま、慌てて「ううん」と手を振り、それから、はっとした。

——いけない、何を考えてるの。

バッグを握る手に力が入った。子どもたちの競泳は続いている。先に飛び込んだ子たちが、五十メートルプールの真ん中あたりを越えたところで、飛び込み台に乗って用意をしていた子どもたちが、次のピストルの音を合図に飛び込んだ。織江は、またもやくすぐったい思いにとらわれ、そして、いよいよ慌てた。

どうしても考えてしまうのだ。所詮は偽物の音ではないかと。あんなものは、ただの虚仮威《こけおど》しに過ぎない、本物の音は、もっと乾いていて、不思議なほどに密やかで——勿論、小さいということもあるのだろうが——そして、もっと色々なものを伴っている。煙や、匂いや、そして、飛び出す弾や。

やがて、織江は考え始めた。慌てることはない。何も、悪事に利用しようというのではないのだ。自分で望んで手に入れた物でもない。

——ただ、持ってるだけ。それだけ。

下手な場所に捨てたりして見つかれば、ただでは済まないのだ。それに、良からぬことを考えているような人間に拾われても、何か面倒なことが起きた場合には、自分自身を責めなければならなくなる。それよりも、こっそり持ち続けていた方が、ずっと安全なのではないか。少なくとも、ここならば絶対に安全だと判断できるような場所が見つかるまでは、とにかく誰にも見つからないように、密かに持ち続ける方が、得策なのではないかと。

それに何よりも、織江はあれを愛おしく感じ始めていた。他では味わえないあの重量感と、手のひらにしっくりと馴染む感覚が忘れられなかった。引き金を引いたときの手応えも、音も、匂いも、煙さえも、全てが気に入ってしまっていたのだ。その気になりさえすれば、小さいながらもそれなりの凶暴性を発揮して、立派に織江を守るに違いない。もしかすると夫よりも誰よりも、あれが、いざという時には織江を守ってくれるのだ。

以来、一人で家にいる時、織江はこっそりとジュニア・コルトを取り出し、飽きることなく撫でさすってひとときを過ごすようになった。そして、その度に、もう一度だけでも良いから、撃ってみたいと思った。

――駄目駄目。我慢、我慢。

数えると、弾はあと四発しか残っていなかった。まさか、補充の弾を調達するわけにもいかない。これは、弾があってこそ役に立つ道具だった。決して減らすつもりはないが、「いざとなったら」と思えることこそが、大切なのだと自分に言い聞かせることにした。

外出するときのバッグの中には、ハンカチやちり紙、化粧品などと共に、常に白く可愛らしい化粧ポーチがあった。どこにいても、バッグの中に手を滑り込ませ、ポーチの上からコルトの感触を確かめるだけで、織江の気持ちは不思議なほどに安らぎ、落ち着いた。

——私の宝物。私の守り神。

時折、どうしてこんな物が自分のもとへ舞い込んできたのだろうかと思うことがある。もしかすると、織江にコルトを渡した少女は、今も密かに織江を監視しているのではないかとも思った。その都度、織江は現実に立ち戻り、恐怖におののく。真夜中に目覚めたときなど、何か、とんでもないことに巻き込まれようとしているのではないかと考えて、そのまま眠れなくなることもあった。それでも、織江は拳銃を手放すことが出来なかった。あの小さな拳銃が、可愛くて、愛おしくてたまらなかったのだ。

半月が過ぎ、一カ月が過ぎようとしていた。

ある朝、下の娘が急に学校に行きたくないと言い出した。

「どうしたのよ。お腹も痛くないし、お熱もないのよ」

「——でも、行きたくないんだもん」

日頃は、二歳上の姉よりも活発で、落ち着いて座っていることさえないような娘は、小さな肩を震わせるようにしながら、消え入るような声でつぶやいた。その途端、織江の中で何かが閃《ひらめ》いた。そういえば、このひと月ほど、何となく様子がおかしかった。改めて娘の前に腰を屈め、目の高さを合わせて、小さな顔を覗き込むと、大きな澄んだ瞳は、何かに怯えているように見える。

「誰かに、いじめられたの？」

「――」

「お母さんに、言ってごらん。本当のこと、言って、ね？」

それでも、まだ七歳になったばかりの娘は、頑《かたく》なに口を閉ざして、織江から視線を逸らそうとする。織江は、そんな娘の頬を両手で包み込み、柔らかくこちらに向かせた。もう一度訊くと、彼女は大粒の涙を流しながら、ようやく頷いた。その涙を見た途端、織江の中で炸裂音が響いた気がした。

「――任せておきなさい。お母さんは、どこまでも、あんたの味方なんだから、ね？誰がいじめたのか、言ってごらん」

「――飯田さんと、カナちゃんと、渡瀬さん」

言いながら、娘は大きくしゃくり上げている。織江は、そこまで訊いたところで、ようやく背筋を伸ばして立ち上がった。

「じゃあ、その子たちに今日、言ってやりなさい。うちのお母さんが、『ただじゃおかない』って言ってるって」

娘は、涙で頬を濡らしたまま、ぽかんとした表情になって織江を見上げてきた。その顔に、織江は、ゆっくりと頷きながら「いいわね」と言った。

「言うのよ。『うちのお母さんが本気で怒ったら、大変なことになるんだから』ってね」

念を押すように言うと、幼い娘は、分からないながらもこっくりと頷き、それから小さく深呼吸をして、ランドセルを背負った。待っていた姉娘と玄関を出るとき、彼女は振り返って、わずかに眩しそうな表情になった。

「お母さん、何だか最近、格好いいね」

「当たり前よ。お母さんには、秘密兵器があるんだから。何があっても、あんたたちを守ってあげるからね」

織江は、にっこりと笑うと、二人の子どもの頭を撫でてやった。そして、彼女たちを送り出した後は一人で静まり返った寝室に戻り、いつもと同じように白い化粧ポーチを取り出した。

野良猫

1

人間って、どうして一年に一つずつ歳を取るんだろう。一つずつなんて、誰が決めたんだろうか――。

車の窓から灰色の街を眺めながら、私はそんなことを考えてた。もう、朝がくる。

本当なら、これくらいの時間ていえば、あの街にいて、ゴミを漁《あさ》りにきたカラスなんか眺めながら歩き回ってるはずだった。今朝もそういう一日の始まり方をするんだろうって思ってた。少なくとも、何時間か前までは。

「ついてなかったなんて、思わないようにね」

ふいに、隣から声がした。私はゆっくりと声の方を見た。何を言われてるのか、よく分からなかった。

「――どういうこと」

「だから、私たちに見つかっちゃったのが、ついてなかったなんて。そういう風には思わないでねって、言ってるの」

「――――」

まだ夜が明けないうちに、私をあの街から連れ出した張本人は、そう言って柔らかく微笑んだ。髪の短い、丸顔の女の人は、外の景色と同じ、灰色のスーツを着ている。化粧もほとんどしていなくて、眉もぼさぼさのこの人は、いったいいくつくらいなんだろうと私は思った。お洒落もしないで、夜も寝ないで働いて、何が楽しいんだろう。こんなことをするために、この人は大人になったんだろうか。

「歌舞伎町は怖い街なのよ。もしも、あのままうろついてたら、きっと取り返しのつかないことが起こってたわ。あなたには、まだまだたくさんの可能性があって、明るい未来があるのに、何もかもが駄目になっちゃう危険だってあるのよ」

「――」

「特に、あなたみたいに可愛かったら、危険性はもっと高くなる。あなたみたいな女の子を餌食《えじき》にしようと思ってる連中がうようよしてるんだから。本当、何もなかった方が不思議なくらいだと思わなきゃ」

「――」

「いくら、面白くないことがあったか知れないけど、あんな所に逃げ込んだって、絶対にいいことなんかない、それを忘れないで欲しいのよ」

別に面白くないことがあったわけじゃない。でも、私は黙ってた。

「さっきお電話した感じじゃ、お母さんは病気になりそうなくらい心配して、ずっとあなたのことを探していらしたっていうでしょう？　大切なお母さんに、そんな心配をかけて」

「――」

「あなたにはあなたの言い分があるかも知れないけど、でも、あの雰囲気だったら、あなたの話だって、ちゃんと聞いて下さるはずよ」

分かってる。お母さんは、いつだって心配してる。でも、この人は知らないんだ。うちのお母さんが心配してるのは、私のことなんかじゃないってこと。

「──────」

「お父さんにも、急に怒鳴りつけるような真似はさせませんからって、何度も仰《おつしや》ってたし」

分かってるってば。大体、お母さんが何もしなくたって、お父さんは別に私を怒鳴ったりしやしない。前に、私がこうやって連れて帰られたときだって、お父さんは「ふうん」て言っただけだった。もちろん、その「ふうん」も、私は聞いてない。私が家に帰ったときお父さんは手術中だったし、後になってお母さんから私が帰ってきたっていう話を聞いて、「ふうん」て言ったんだそうだ。

夏になる前のことだった。

あの時は池袋で捕まって(警察《サツ》の人は、「捕まえたんじゃなくて、これは保護だ」って言ってたけど)、やっぱり色々と話を聞かれて、家に電話を入れられて、今と同じように車に乗せられた。本当は、親が迎えにくるのが筋なのに、とか何とか文句を言われながら、私は、走ってる車から飛び降りて逃げ出せないものかと思ってた。梅雨が明けてなくて、じめじめした、いかにも憂鬱《ゆううつ》な朝だった。あれはたった三カ月前のことだ。

——まだ、三カ月しかたってないんだ。

そのことに気が付いて、私は思わずため息をついた。

「どうしたの」

すかさず、隣から声がする。私は、「ねえ」と言いながら、ゆっくり相手を見た。それだけで、おばさんと呼んでいいのか、お姉さんと呼ぶべきなのか分からない女のお巡りさんは、期待で目を輝かせながら「なあに」と言う。

「何でも言ってみて、ね？」

「——あの、歳は、いくつ」

私が聞くと、灰色のスーツの彼女は、少しばかり驚いた顔になって、「どうして」と言った。

「べつに。何となく」

「いくつに見える？」

「分かんないから聞いてんじゃん」

本当は、三十二、三かと思ったけど、それより若かったら相手を傷つけると思うから、私なりに気をつかったつもりだった。そしたら案の定、その人は二十九だと言った。内心でほっとしながら、私は彼女が「どうして」と繰り返すのを聞いていた。

「——あたしの倍以上なんだ」

「そういうことに、なるかな」

「疲れない？」

「――ええ？」

そこで、私は改めてまじまじとその女の警察官を見た。

「そんなに長生きしててさ、疲れない？」

彼女は、少しの間驚いた表情をしていたが、やがて前よりももっと穏やかな顔で笑った。出来るだけ優しく見えるような、それでいながら説教臭い笑顔。

「これでも私、まだまだ若いつもりなんだけどな」

「――幸せなんだね」

彼女から目を離して、私は呟《つぶや》いた。警官になんかなるくらいだもん、昔からいい子いい子で来た人に決まってる。でも、そんな人に、私は自分の気持ちや本当のことなんか、喋りたいとは思ってない。話したって、分かってもらえないに決まってる。あら、それはいけないことよとか、そんな風に考えるもんじゃないわとか、返ってくる言葉は、いつもそんなもんだ。まあ、別にこの人に限らず、大人はみんなそんなものだけど。

「あなたは、疲れてるの？」

「べつに」

本当は、くたくただった。こうして警察の車に揺られながら、私は自分がお婆さんになったような気分だった。たったひと夏の間に、五歳も十歳も、もしかするとそれ以上に歳をとったような気がする。

「帰ったら、ゆっくりと休んで、それから少しずつ考えればいいわ」

「何を」

「これからのこと。来年は高校でしょう？　受験、するんでしょう？」

「――」

「さっきも言ったけど、今ならまだ遅くない。いくらでもやり直しが出来るわ」

「――」

「あなたは言いたがらないけど、二カ月以上もあんな街にいて、まるで怖い思いをしなかったはずがないよね？　びっくりするようなことだって、あったと思うんだ」

「――べつに」

「ないに越したことはないけど。でもね、私たちだって、あなたみたいな子たちをたくさん見てきてる。あなたの服装や持ち物からみれば、大凡《おおよそ》のことは察しがつくわ」

「――」

「心の傷は、いつかは癒える。ヤケにならないで、自分の将来をどぶに捨てるような真似は、しないで欲しいんだよね」

私は後悔していた。ちょっと歳を聞いただけで、どうしてこんなに喋られなきゃなんないんだ。いくら私の心の中に入ってこようとしたって、それは無理なんだっていうこと、こういう人たちには、どうやって分からせればいいんだろう。話せば分かるなんて、どうして信じてるんだろうか。

それにしても、どうして人間は一年に一つずつしか歳をとらないことになってるんだろうか。別に、一つずつじゃなくたって、いいような気がする。少なくとも私は、表向きは十四だって、もう八十歳くらいの気分だ。

——バイバイ。

ふと、そんな言葉が思い浮かんだ。ついでに、幾つかの顔がぱっぱっと思い出されて、私の胸の奥が急にざわざわし始めた。私は、膝の上にのせているリュックをそっと撫でた。何だか頼りないくらいに軽くなっちゃった、私の全財産——。本当に、夏は終わってしまっていた。

2

たったの二カ月のことだった。その間に、私は何人の人と出会い、何人の人と別れたことだろう。何だか、まるで、ちょっと長い映画を見ていただけのような気がする。全部が夢だったんじゃないかとも思う。だって、知り合った連中は、皆、幻みたいに消えちゃって、そのうちのほとんどは、名前どころか顔さえはっきりと思い出すことが出来ないからだ。

——バイバイ。

明日も会うみたいな顔で、いかにも当たり前に手を振って、もう二度と会わなかった連中。大抵は家出中とかプーとかで、他の街に行ったって子もいれば、サツに捕まったって子もいた。何か仕事を見つけて、そのままいなくなった子も珍しくなかった。でも、誰が見えなくなっても、心配なんかしたことはなかった。すぐにまた新顔が加わってたし、誰も彼もが似たようなもんだったからだ。一人の男と、一人の女を除いて。

「あんたさ、今日で何日目」

　新宿で最初に声をかけてきたのは、変な格好の女だった。昼下がりの歌舞伎町は、そろそろ人が増え始める頃だった。べたつく空気とぎらぎらする陽の光の中で、最初、私は彼女を無視していた。誰と喋るのも面倒くさかったし、余計なお世話だと思ったからだ。

「ちょっと、ナメてんじゃないよ。人が聞いてやってんじゃないよ」

だけど、彼女は歩き始めた私の肩を摑《つか》んで、怖い顔でそう言った。目が細くて、鼻が高くて、きっちり化粧はしてたけど、ソバカスのいっぱいある顔をしていた。それがマリエとの出会いだった。

「——三日」

　私が渋々答えると、マリエ——それが本名だったかどうかは分からない。ただ、本人がそう言うから、そうだと思ったっていうだけのこと——はガムを嚙《か》みながら、上から下まで私を眺め回した上で、どこに寝泊まりしているのかと言った。

「——どこって」

「分かってるって。あんた、うちに帰ってないんだろ？　だから、どこに寝てるんだって、聞いてんの」

「一昨日は、カプセルホテルに泊まったけど」

「へえ、贅沢。昨日は」

「――」

　私は俯いていた。本当は、そのへんのおじさんが拾ってくれないかと思っていたのだが、いざとなると案外踏ん切りがつかなくて、結局、うろうろと歩き回りながら空が白むのを待ったのだ。朝になると、自分でも不思議なくらいにほっとした。そして、気持ちが静かになり、少しずつ活気を取り戻す街を、ぼんやりと眺めて午前中を過ごした。これから、西口の公園にでも寝に行けば良いと思っていたところだった。

「あんたみたいにきょろきょろしながらうろついてたら、あっという間にサツに捕まるって言ってんだよ」

　マリエは口元だけで笑いながら、「ガキのくせに」と言った。その一言を聞いて、私はムカついて、つんと横を向き、また歩き出そうとした。だけどマリエは私の腕を摑んで放そうとしない。

「金、持ってる？」

「――」

「全部出せなんて、言わないからさ。ハンバーガーでも、おごってくんない？　そしたら、寝られる所に連れてってやってもいいよ。安全で、それなりに綺麗なとこ」

私は改めてマリエを見た。彼女は細い目をいよいよ細めて、今日の午後には少しはまとまった金を稼ぐつもりだからと言った。その前に腹ごしらえをしたいのだと。

「何しろ、昨日の夜から何にも食ってないんだ。悪い取引じゃないと思うけど」

そして、さっさと歩き始める。私はわけも分からないまま、彼女に従った。結局、誰かと一緒にいた方が目立たないし、サツに見つかっても怪しまれないだろうと思ったからだ。

それから、私とマリエとの付き合いが始まった。私がハンバーガーとコーラをおごったお返しに、彼女は裏道に面した雑居ビルの七階で、スナックだかバーだかのつぶれた跡らしいところに私を連れていってくれた。エレベーターを使っても入れないその店に、マリエはビルとビルとの隙間にある、はしごに毛が生えた程度の非常階段を使って入っていった。

「電気とガスは使えないけど、トイレもあるし、水は出るからさ」

「どうして、こんなとこ知ってんの」

「教わったの」

「誰に」

「前にここを使ってた子に」

「その人は?」

「知らない。クスリやってる子だったから、パクられたのかもね。もう十日以上、見てないから」

ふうん、と言いながら、私は夜のように暗い店の中を歩き回り、カーテンに触れようとした。その途端、「ばかっ」という声がした。

「開けんじゃないよ。外から見て分かっちゃったら、追い出されるだけじゃ、済まないんだから」

その言葉に、私は息をひそめた。秘密の匂いがぷんぷんしている世界。確かに私だってこれが初めての家出じゃなかったけれど、今度は「本格的」だという気がした。

実を言うと、私の家出は五回目だった。最初は原宿でうろうろしているときに、あっさり見つかった。何と、家出して四時間後っていう早さ。二回目と三回目は渋谷、それから池袋。その度に、少しずつ色々なことは経験してたつもりだけど、長くても二週間で見つかっちゃって、その都度家に連れ戻された。お母さんは世間体のことばかりを口にして泣いたし、お父さんは、「まったく」とか何とか言ってたと思う。

「どうして、千恵《ちえ》だけがこうなったのかな」

それが、お父さんの口癖だった。三人の兄妹の中で、私だけが女で、私だけが頭が悪くて、私だけが不器用で——いつもいつも、そう言われた。まあ、どうでもいいことだけど。

それだけ家出を繰り返してても、何となく新宿は「怖い」イメージがあったから敬遠していた。だけど、渋谷のサツの人には覚えられちゃってたし、池袋は肌に合わない気がした。だから、今度は意を決して新宿に来たのだ。

「好きなとこに、寝なよ」

私を案内すると、マリエはそそくさと出ていこうとした。私は、急に心細くなって彼女を引き留めた。

「どこに行くの」

「大丈夫だって。少ししたら帰ってくるから。あんた、眠いんでしょう？　だから、寝なって。目が覚めたら、どっか行っちゃってもいいからさ」

それだけ言うと、マリエはいなくなった。私は一人で取り残されて、少しの間、ぼんやりしていた。だけど、暗い店の中には柔らかいソファーがたくさん並んでいて、蒸し暑いことを除けば案外快適な空間だった。私はごろりと横になり、あっという間に寝付いてしまった。再びマリエに起こされたときには、既に街にはネオンが瞬《またた》き始めていた。

「ほら、食べなよ」

いつの間に用意したのか、テーブルの上にはろうそくが一本灯《つ》いていた。その、黄色く柔らかい光の中で、マリエは私にアイスクリームをくれた。私は黙って受け取りながら、このお金はどうしたのだろうかと思った。

「一仕事しただけだって」

早くも溶け始めたアイスクリームを、大きな口を開けて「べろり」となめながら、マリエはあっさりと言った。彼女からは、ほのかに石鹸の匂いがして、私はマリエがどっかのおじさんとホテルに行ったのだろうと察しをつけた。

マリエは十八で、私より二週間くらい早くこの街に来たという話だった。どこの出身で、どういう家の子で、どんな理由で新宿にいるのか、そんなことは何も分からない。だけど、とにかく彼女は案外親切で、世話好きなところがあった。考えてみれば、私が彼女とべったりと一緒に過ごしたのは、たった十日間くらいのことだった。その間に、私は髪を切って染め、服を替え、化粧も覚えた。ピアスの穴をあけてもらい、煙草も咳《せ》き込まずに吸えるようになって、万引きしやすい店を覚えたし、それをさばく方法も教わった。

「あんたって、いいとこの子なんだね」

初めて万引きしたとき、私たちは安全な場所まで逃げた後で、笑い転げながら成功を祝いあった。そのとき、マリエは感心したように、そう言った。

「今の店員なんか、まるっきり疑ってなかったじゃん。雰囲気っていうか、そういうのが違うんだ」

せっかく二人で組んで万引きするのだからと、私たちは作戦を立てた。私が店員に話しかけている間に、マリエが万引きをするという作戦だ。化粧品やバッグや小物なんかを売ってる、やかましい音楽が流れる店だった。私は店員に向かって、そこで扱っている商品のことをあれこれと尋ねただけだった。

「頭も、いいよね」

「そんなこと、言われたこともないよ。お兄ちゃんたちは秀才だけど、あたしは馬鹿、馬鹿って言われるもん」

私が答えると、マリエは「秀才か」と鼻を鳴らした。そして、学校の勉強などで頭の善し悪しを決めようとするからこそ、大人《あいつら》は馬鹿なのだと言った。

「学校の秀才なんか、いざとなったらすぐに飢え死にするに決まってんだから。あんたみたいな方が、ずっと役に立つよ」

そんな褒められ方をしたのは生まれて初めてだった。万引きが成功した興奮も手伝って、私ははしゃぎまわった。そして、「秀才」のお兄ちゃんたちよりも、マリエの方がずっと好きだと思った。

とにかくマリエは、色々なところに顔見知りのいる人だった。歩いているだけで、実に色々な連中が声をかけてくる。私よりも二週間だけ早くこの街に来たとは思えないくらいに、彼女は堂々と街に溶け込んでいた。結局、私はマリエと一緒に行動することで、この街に暮らしている人たち――ホステスや売春婦、親切なバーテン、下心見え見えの呼び込み、変な宗教に凝ってるヤツ、ゲーセンの店員、パチプロなんか――をずいぶん知り、ヤバいと思ったときの逃げ方や、関わらない方がいい相手の見分け方などを学んでいった。

「どうする、これから」

「べつに」

「かったりぃよね」

「かったりぃ」

　会話といえば、いつだってそんな程度だったと思う。だけど、時々は名前も知らない仲間たちと連れだって、カラオケに行ったり、ボウリングなんかもした。酒を飲んで、夜じゅう騒いだこともあったし、一番多かったときには、七、八人が私たちの「ねぐら」に泊まったこともある。誰もが自分たちのことを語りたがらない、皮肉っぽい口元と、どろんとした目つきの子たち、つまり、私と似たり寄ったりの連中だった。

　家出するときに、お母さんの財布から盗ってきたお金は確実に減っていた。マリエは、昼間でも夜でも、ふいにいなくなるときがあった。だけど、私が「ねぐら」で待っていれば、必ずひょっこりと戻ってきた。

　新宿の夏は、とにかくやたらと暑くて、べったりしていて、そして、頭が痺れるくらいにやかましかった。私とマリエは、音の洪水の中に身を浸し、漂うように日々を過ごした。

　そして十日も過ぎた頃、マリエは突然、男と暮らすことにしたと言い出した。

「案外、かっこよくてさ、いいヤツなんだ」

　彼女は、全財産が入っているビニールのショルダーバッグを肩に掛けながら、いそいそとした雰囲気で笑っていた。そして、ぽかんとしている私に、「世の中、オトコ次第だよ」と言った。

「バイバイ、またね」

「——どこに行くの」

「近く。あんたも連れてってやりたいけど、オトコがからむと、面倒になるからさ」

「あたしは、大丈夫——バイバイ」

最後にマリエは、シャブにだけは手を出すなと言った。シャブだけはマジでヤバいからさ。あれだけは、サツに捕まったときにも後々面倒になるし、とにかく金がかかってたまんないし、シャレになんないんだから。そして、彼女は使いかけのマニキュアと口紅をくれた。

私は一人になった。公衆便所の鏡に向かって、マリエがくれた口紅をつけ、噴水の傍でマニキュアを塗った。いつの間にか、マリエと同い年か、もっと一人前になったような気分だった。

3

よく分かんないけど、家出しただけじゃ「非行」とは言われないらしい。「保護」っていうんだって、警察は必ず言う。だから、心配することはない。だが、こんなことを繰り返してたら、きっと危険な目に遭《あ》うからな。シンナーとか、売春とか、軽い気持ちで手を出して、取り返しのつかないことになる。その時には、「保護」してやるわけにはいかない、「補導」になるんだぞ――。

　確かに補導されちゃうと、記録も残るし、そのうち、どっかの施設に入れられちゃうっていう可能性がある。名前を言っただけで、ぱっぱって、すぐにこれまでの補導歴が分かっちゃって、親だけじゃなくて家庭裁判所とか、何だか面倒なことになるんだってことは、マリエも言ってた。

「大人《あいつら》はさ、あたしらをどっかに閉じこめれば、何とかなるなんて、思ってんだよ。急にマトモになるとかさ」

　犬だって猫だって、閉じこめられてマトモになる生き物なんかいないってこと、どうして分からないのかねえ。やっぱ、バカなんだね。だけど、マリエがオトコのところに行っちゃった翌日には、私は、いつ大人《あいつら》にどっかに閉じこめられてもおかしくはない状態になった。だって、そろそろ持ち金がなくなってきてたから、こうなったら、おじさん相手に稼がなきゃって、覚悟を決める時期だったし、前から顔だけ知ってたヤツが、「あれ、ダチは?」なんてマリエのことを聞いてきて、急に馴れ馴れしくなって、最後に「スピード」をくれたからだ。

「あたし、お金なんかないからね」

　手に持たされた錠剤と、その男とを見比べながら、私は呟くように言った。だが、どう見ても二十歳《はたち》そこそこってとこの男は、にやにや笑いながら「いいって」と答えるだけだった。

「気に入ったら、いつでも分けてやるからさ」

それが、あいつらの手だってことはマリエから聞いていた。そのうち、欲しくて欲しくてたまらなくなって、あいつらにすがりつくようになって、そして、どっかに売り飛ばされるってとこらしい。

——でも、一回くらいなら。

実際、どんな気分になるものか、飲んでみたいとも思った。どうせ持ってるだけでも罪になるっていうんだから、飲んじゃえば証拠もなくなるってことも考えた。だけど、一人で飲んで、どうにかなっちゃったら、それこそヤバい。だから、結局私は飲まなかった。次の日に、それをくれた男に会ったときにも「何ともなかった」って嘘をついた。

「駄目なんだよね、あたし、特異体質なんだ。親父が医者だから、分かってんだよ」

私が言うと、ヤツは、マジで驚いた顔をしてたっけ。そして、もう二度と私に話しかけてこなくなった。

「ねえねえ彼女、冷たいものでも飲まない？」

「あれ、どっかで会ったことなかったっけ。ちょっと、止まってよ。顔、見せてくれよ」

だけど、ぶらぶら歩いているだけで、私はしょっちゅう声をかけられるようになっていた。気が向けば「いいよ」って答えたし、面倒くさいときには無視をした。シャワーを浴びたいときにはホテルまでつき合うこともあった。映画を見ようと言われたら、喜んでついていった。

——つまんない。

だけど、どんな映画を見ていても、どんなホテルに行っても、がらんどうの心に、そんな思いが広がった。マリエと過ごしていたときには忘れていたことだけど、私の心の中には、いつだって「つまんない」がいっぱいに詰まっていた。学校に行っても、家にいても、私はいつもつまんなかった。

——つまんない。

何だ、家出してもつまんないのかと、馬鹿馬鹿しくなることもあった。結局、世の中なんてどこにいてもつまんないってことだ。だったら、窮屈な家よりは、自由に出来る場所の方がまだましだった。そう、やっぱり東京は自由だから。その分だけ、いいっていう、そんな程度。

初めて友だちと東京に来たのは、春休みに入ってすぐのことだった。エリと梢《こずえ》って子と三人で、渋谷とか原宿に行ってみたいねってことになって、私たちは親に内緒で、ある日の朝早く、高崎の駅で待ち合わせをした。

「何て言って出てきたの?」

「ちょっと遊びにって」

「嫌だ、何だかドキドキしてきちゃったよ」

今にして思えば、本当に無邪気で可愛かったもんだけど、あの時の私は東京に行くっていうだけで嬉しくて、おまけに親に内緒っていうのも刺激的で、妙にはしゃいでた。服装も髪型も、どこから見ても田舎臭いガキ丸出し、単純で無邪気な、まるっきりの赤ん坊だった。

東京は、思ってた以上に面白かった。夢中になって歩き回るうちに、一日はあっという間に過ぎて、気が付いたときには、もうとっぷり暗くなって、八時近くになってた。

「何か——帰りたくないね」

私は、エリたちの顔をうかがうように言った。本当は、彼女たちが頷いてくれるのを期待してた。そうしたら思い切って、「帰るの、やめちゃおうか」って言うつもりだった。だけど、最近ニキビの増えてきた梢は、とんでもないというように激しく首を振って、「駄目駄目駄目駄目!」なんて言った。

「そんなわけに、いくわけないじゃん!」

「自分たちだけで東京に来たって分かっただけで、学校からだって叱られるんだから」

エリも怯えたような表情で言ったから、結局、私たちは大急ぎで東京駅に向かうことになった。そして、必死になって親への言い訳を考えた。いくら新幹線を使っても、乗り継ぎや歩きの時間を考えれば、高崎の家までは二時間近くかかる。

「ああ、楽しかったね」

「また、行こうね」

新幹線に乗り込むと、私たちはほっと息を吐き出し、窓の外を流れていく夜景を眺めながら、そう約束をした。エリも梢も、それぞれに買い物袋を胸に抱いて、にこにこ笑いながら「きっとね」と言っていた。

口裏を合わせた言い訳を確認しあって、私たちは高崎の駅前で手を振って別れた。一人になると、何だか急に頼りない気分になって、がっくりきたのを覚えてる。楽しかった一日は、瞬く間に終わってしまった。

――うちは、どうして東京じゃないんだろう。

家が近くなるにつれて、闇はどんどん深くなる。静寂が押し寄せてくる。そして、その闇と静寂とは、家の中が一番深かった。

後から知ったことだけど、その日、お父さんは医師会の集まりで、お母さんは知り合いのパーティーに行っていた。とにかく、私が家に帰ったときは、だだっ広い家はがらんとしているだけだった。あれこれと言い訳を考えていた私は、拍子抜けした気分で、ほうっと息を吐き出した。東京はもうずいぶん暖かかったのに、家の中には、まだ冬の空気が残っていた。少し前までは、必ず誰かの声がしていたはずの家は、巨大な棺桶《かんおけ》みたいに感じられた。

私の家は、以前はお父さんお母さんと二人のお兄ちゃんに加えて、お祖父《じい》ちゃん、お祖母《ばあ》ちゃん、それに叔母さんの、合計八人という大家族だった。毎日賑やかで楽しくて、私は家が大好きだった。だけど、私が小学三年生の時にお祖母ちゃんが死んだあたりから、何となく雰囲気が変わり始めた。

若い頃に一度結婚したことがあるという叔母さんは、お母さんとはあまり仲良くなかったけれど、私のことは可愛がってくれていた。だけど、お祖母ちゃんが死んだ翌年、誰かの紹介で県会議員の家に後妻にいき、それから間もなく、今度はお祖父ちゃんが寝たきりになった。家から笑い声が消えた。

四年前、上のお兄ちゃんが名古屋の医大に入った。少しして、お祖父ちゃんが死んだ。そして去年、今度は下のお兄ちゃんが金沢の医大に入った。私は学校の帰りなんか、近所の人に会うたびに、「さすがに千恵ちゃんのお宅は皆頭がいいのね」なんて言われたものだ。

「お父様もお母様も、ご安心でしょう？　これで、病院は立派に継いでもらえるものねえ」

そうね。確かに、お父さんもお母さんも安心したらしい。そして、まだ残っている私のことを、すっかり忘れたんだ。

お父さんが滅多に家にいないのは、昔から変わらなかった。だけど、お母さんまで毎日出かけるようになるとは思わなかった。

「これまで、家族の犠牲になってきたんだもの」

正直に言えば、その言葉は、私には案外ショックだったのだと思う。それまでの私は、お母さんていうのは必ず家にいてくれるものだとばかり思っていたからだ。おまけに、家族の犠牲になってきたなんて思われてるとは知らなかった。出かけるのはお母さんの自由だけど、じゃあ、私はどうなるのよっていう気持ちもあった。

「あなたは、女の子なんだもの。もう中学生なんだし、何でも自分で出来るはずよ」

お母さんも、お父さんと同じ、私に対しては何の期待も抱いてはいなかった。取りあえず、そこそこの女子大を出ておけば、ちゃんとした結婚相手を見つけてやるからと、いつだってそんなことを言っていた。

私は、一人でご飯を食べることが増えた。以前は八人で囲んでいたテーブルは馬鹿馬鹿しくなるくらいに大きくて、とてもじゃないけど、そんなところで食べる気にはなれないから、リビングのソファーとか、自分の部屋とか、そんなところで、出前のピザやお寿司を食べる。

「また、そんなところで食べてるのか」

その日も、先に帰ってきたのはお父さんの方だった。私は、酔って赤い顔をしているお父さんをちらりと見ただけで、またテレビの方に注意を戻した。

「お母さんは」

「まだ」

「風呂は」

「知らない」

それきり、お父さんは何も言わなくなってしまった。振り返ると、いつの間にか姿も見えなくなっていた。私は、ぼんやりとテレビを眺めながら、長いようで短かった一日のことを考えていた。

――あの子たちが弱気にさえならなきゃ。

そうしたら今頃だってまだ、私たちはネオンの瞬く街で、これまで見たこともない世界を見、何かを感じることが出来ていたはずなのに。こんなつまらない、寒くて暗い家で、一人でテレビなんか見てることもなかったのに。そう思うと、何だかすごい損をしたような、大きなチャンスを逃したような気分だった。

その日、夜中になってから帰ってきたお母さんは、次の日も昼過ぎになると出かけていった。私は一人で家に取り残され、しばらくはぼんやりとテレビを見ていたが、どうしても気持ちがそわそわしてたまらなくなった。

――こんなところにいたって、つまんないだけ。いいことなんか、何もない。

今のうちにもう一度、あの東京の空気を感じておかなければ、つい昨日の出来事が幻みたいに消えてしまいそうだ。私は、こんな家でテレビを見て過ごすために生きてるんじゃない。

それが、初めて家出した日だった。一人で電車に飛び乗ったときに思ったことといえば、エリと梢がこのことを知ったら、「ぬけがけだ」って怒るだろうかっていうことくらいのものだった。

それにしても、新宿の夏は本当に暑い。マリエと別れてから、私は日中は涼しい場所を探し求めて、喫茶店や映画館や、ホテルなんかにしけこみ、夜になると街をぶらぶらするようになった。だけど、それにはかなりの危険が伴う。夏は、私らみたいな、いわゆる家出少女が溢れる季節だ。そんなことは、サツだってとっくに承知してるから、ちょっと気を抜くと、すぐに目つきの鋭い大人に取り囲まれて「いくつ?」とか、「どこから来てるの」なんて聞かれることになっちゃう。ちょっと仲良くなった連中の何人が、そうして街から消えたか分かったもんじゃない。もちろん、また舞い戻って来る女の子なんかもいたけど、私と同じ、その繰り返しだった。

サツの目から逃れるためには、とにかく一人できょろきょろしないこと、そして、見るからにガキって感じにならないように、服装も化粧も念入りにすることだ。そのために、私はせっせと万引きを重ねて化粧品を揃え、お小遣いをくれそうなおじさんは、道端じゃなくてテレクラで探すようになった。そして、暇なときには荷物の少ない、いかにも自宅から遊びに来てるみたいな女の子と一緒に過ごす。別に何にも喋らなくても、それがお互いのためだからだ。もちろん、私も荷物は最小限に食い止めてた。例の、マリエに教わったクラブの跡は、万引きした服や下着、バッグなんかの荷物置き場になっていた。

八月は、とろとろと流れていった。

私は少し痩せて、そして、肌が白くなった。去年の夏は、部活で毎日学校に行ってたから、真っ黒に日焼けしてたんだけど、夜中ばっかり動き回ってるうちに、ソックスのあとさえ消えちゃって、都会っ子っぽい、色白の私が出来上がってたってわけ。だけど、陽に当たってるわけでもないのに、私は毎日少しずつ自分が乾いていくのを感じてた。心も身体も、からからに干からびていく。

——そのうち、ドライフラワーみたいに、なっちゃうんだろうか。

一日に何回か、そんなことを思うことがあった。だけど、それはそれで、べつにいいやって感じだった。

4

初めて俊行《としゆき》に会ったのは、八月の半ばのことだったと思う。昼も夜もめちゃくちゃの毎日で、日付のことなんか、大じて気にしたこともなかったけど、それでも不思議なことに、今日が何日「ぐらい」かは、何となく分かるものだ。

「煙草、持ってる？」

声をかけたのは私の方だ。ようやく陽が翳《かげ》り始めた夕方、ちょっと足を延ばして新宿の西口の方をぶらぶらしてたとき、ちょうど煙草を吸おうとしてた男の子が目にとまったっていうだけだった。

「一本くんない？」

私は、彼が手にしている煙草を指さしながら、もう一度言った。赤っぽいTシャツに穴あきジーンズ姿の彼は、私より十センチか十五センチくらい背が高く見えた。つまり、百六十五から七十ってとこ。決してのっぽって感じでもなかったけど、ビル風の吹き抜ける日陰にある、地下道への階段のへりに寄りかかってる姿は、それなりにサマになってたと思う。

彼は、特に不思議そうな顔もせずに、黙ってラークのボックスを差し出した。私は、半分くらいは残ってた箱の中から、三本の煙草を指でつまんだ。

「そんなにいっぺんに、吸うのかよ」

「続けて吸うの」

私が答えると、彼は、面白くなさそうな顔でラークの箱をしまい込み、やってみろよと言わんばかりの表情で、今度はライターを差し出してきた。私は一本を口にくわえて、小首を傾げてライターの炎に顔を近付けた。

それが、始まりだった。

三本の煙草を立て続けに吸う間、私は彼から少し離れたところに立っていた。別に、行くあてがあるわけでもなかったし、正直言えば、私の中で、誰かの傍にいたい思いが膨らんでいるときだったからだ。

――つまんない。

煙草の煙を吐き出すふりをしながら、私はビルの隙間を流れていく雲を見上げていた。家に帰りたいとは思わないけれど、それにしても、どっか行くところが欲しかった。行き場所がない、世界中に誰一人として、私を思い、私の名前を呼び、私を受け止めてくれる人がいないってことが、やっぱりつまんなかった。

「おまえなあ、もったいねえ吸い方、すんなよ」

ふいに、彼の声がした。私は出来るだけ大人っぽく見える仕草で煙を吐き出しながら、彼を見た。

「もっと胸の奥まで吸い込んで、すぐに煙を出さなきゃ、いいんだよ。そんな風にふかすだけだから、二本でも三本でも吸いたくなるんだ」

「そんな吸い方したら、肺ガンになるもの」

私が答えると、彼の表情が初めて動いた。そして、びっくりするぐらいの大声で笑い始めた。「バカじゃねえの」と言いながら、彼は、やがて腹まで押さえて笑い続けた。私は一瞬、呆気《あっけ》にとられて、そんな彼を見ていた。そうこうするうち、何だか急に泣きたくなった。

「肺ガンなんか心配するんだったら、煙草なんか、ガキのくせして——何だよ」

私は、顎を引いて唇を嚙みしめ、彼を睨み付けていた。そうしていないと、本当に涙が出そうだったからだ。

「人から煙草せびっといて、そういう顔、すんなよな」

「——」

「何だよ、面倒くせえ女だなあ、あっち、行けよ、もう」

「——」

「行けって、言ってんだよ」

言うが早いか、彼はすたすたと近付いてきて、私の方に手を伸ばした。咄嗟《とっさ》に顔を背けたんだけど、遅かった。頭に、ごん、ていう衝撃があった。急に我慢できなくなって、ぽろっと涙が落ちた。

「な――泣くこと、ねえだろう」

「――泣いてなんか、ない」

必死で言ってみたけど、駄目だった。何かのフタが外れたみたいに、胸の奥が痺れてきて、あとからあとから涙が出てきた。いけない、マスカラが落ちると思ったから、下を向いてたら、やたら遠くに見えるアスファルトの地面に涙のシミが出来た。

「やめろよ、こんなとこで、もう。みっともねえなあ」

さらに彼の声がした。でも、ほとんど耳鳴りにかき消されそうだった。ああ、涙って温かいんだなあ、私にも、まだこんなものが残ってたのかと思いながら、ついに私はしゃくり上げてしまった。どれくらい時間が過ぎただろうか、やがて耳元で舌打ちが聞こえて、それから、私は彼に背中を押されて歩き始めた。

人混みが、私を呑み込もうとしている。勤め帰りの連中に逆らうように、私たちは歩き続けた。そして、中央公園に着くと、彼は私を水道の前に立たせた。

「顔、洗え」

「――」

「洗え、ほら」

　彼は水道の蛇口をめいっぱい開いた。結局、私は逆らうことも出来なくて、その水で顔を洗った。服の前にも、足元にも飛沫《しぶき》が飛んだ。今度は、ああ、水ってこんなに冷たいんだと思った。洗い終えると、目の前にくしゃくしゃのバンダナが差し出されたから、私は黙ってそれで顔を拭いた。

「――そんなに、痛くしたわけじゃ、ねえだろう」

　顔を拭き終えると、彼はふてくされたような顔でこちらを見ていた。私はバンダナを返し、黙って歩き始めた。化粧の取れた顔を見られたくなかったし、何だか急に恥ずかしくなったからだ。

「痛かったのかよ」

「――」

「悪かったよ！　俺が、悪かったって」

　何を謝ってるんだろう。バカな男。でも、私の中には、まだ泣きたいような気持ちが残っていた。おいおい泣いてやったら、こいつはどんなに慌てるだろう、そうしたら、もっと傍に来て謝ってくれるだろうかと思ったけど、悔しいくらいに涙は出てこない。私は大股でベンチに近付くと、身体を投げ出すようにしてそこに座った。彼は私の前に立ち、腰に手を当てて、こっちを見ている。

「おまえ、いくつ」

「――」

「中学生だろう」

「だったら、どうなんだよ」

「友だちか誰か、いねえのかよ」

「――」

「ったく、急に泣くヤツが、いるかよ」

「――」

「俺は、本当に軽く、ちょっと頭を撫でただけだぞ」

「――」

「こんな、こんな程度だっただろう」

再び彼の手が伸びてきて、私の頭を軽くど突いた。私は顔をしかめて、ど突かれた場所を撫でながら「痛てえなあ」と言った。だけど本当は、すごく嬉しかった。自分でも不思議なくらいに、彼の手の触れたところだけが痺れているみたいになってた。

5

私が化粧を直すのも待たずに、俊行はさっさと西口に戻り始めた。私は、黙ってそのあとをついていった。彼は何をするでもなく、ただ西口のあたりでぶらぶらとしているだけだった。だから、私も少し離れた場所で、やっぱりぶらぶらしていた。彼は時々こっちを見て、面倒くさそうな、嫌な顔をしたが、それでも「あっちへ行け」とは言わなかった。

やがて夜になると、彼は顔見知りらしい連中と連れだって、ちょっと踊ってみたり、何かふざけあったり、またぶらぶら歩いたりし始めた。車道を横切って分離帯の植え込み側に行き、車を運転してる誰かに話しかけたり、また歩道側に戻ってきて、近付いてきた誰かと喋ったりしている。

そのうち電車がなくなって、彼の仲間たちもどこかへいなくなった。一人で歩き始めた彼の後を、私は黙ってつけ始めた。新大久保を過ぎたあたりで、彼はやっと振り返って、「来るのかよ」と言った。私は、黙って突っ立っていた。それだけだ。

俊行のアパートは高田馬場の先にあって、やたらと入り組んだ道を歩いていかなければならなかった。

「うるさくすんなよ。隣に筒抜けなんだから」

初めてアパートに着いたとき、まず言われたのはそれだった。確かに、こんなところで人間が生活できるのかと思うほど、そこは粗末な部屋だった。

「——汚い」

思わず呟くと、俊行はその日初めて、少しばかり恥ずかしそうな顔になった。嫌ならよそに行くかと言いながら、それでもせっせと部屋を片付け始めた。窓を開けると、ジー、ジーと夏の虫の声が聞こえてきた。

――こんな暮らしが、あるんだ。

四畳半の部屋は、それこそ息が詰まるほどの狭さだった。ふと、「うちの玄関ぐらいだ」と思って、私は一人で恥ずかしくなった。

「腹、減ったな」

確か、午前三時を回っていたと思う。俊行は部屋の片隅にへばりついてるみたいな古くさい流しに立ち、やかんで湯を沸かし始めた。そして、私の分と二つ、カップラーメンを作ってくれた。カップラーメンなんて家出して以来だったから、おいしくておいしくて、夢中になって箸を動かした。

「変なヤツだなあ」

汗をかきながらスープまで一気に飲んでしまうと、俊行は呆れたような顔でこっちを見ていた。

「さっき、何やってたの」

ラーメンを食べ終えたところで、私はようやく口を開いた。彼は「べつに」と言いながら自分のラーメンをたいらげ、それから改めてこちらを見た。

「名前ぐらい、教えろよ」

「――千恵」

「千恵、ね。何歳」

「――」

「当ててやろうか、十三」

「そんなガキじゃないね。十四」

私が膨れると、彼はにやにやと笑って、大した違いじゃねえやと言った。

「家出、か。いつから」

「――忘れた」

「そんなに前からか」

「ちょっとだよ。あんたは」

「あんたっていうこと、ないだろうがよ。こう見えても、もうすぐ二十歳になるんだから」

「そんなジジイなの？」

思わずはっきりとした声で言うと、俊行は「しいっ」と言い、「小さな声で！」と鋭く囁いた。私は慌てて口を塞《ふさ》ぐ真似をして、それでも「ジジイ」と繰り返した。そして、その後でようやく彼の名前が俊行なのだと知った。

「学生？」

「いいや」

「さっき、何してたの」

「仕事だ、仕事」

「遊んでただけじゃん」

「あれが、仕事なんだよ」

「何の」

「関係ねえだろう」

扇風機一つない部屋だった。開け放った窓からは、虫の音と共に蚊も入ってきて、耳元でうるさく羽音を立てる。私が手と足を喰われた頃、彼は思い出したように蚊取り線香に火をつけてくれた。少し、ぼんやりしているうちに、気が付くと空が白み始めていた。

「――寝るか」

その一言を合図のように、私は、その場でごろりと横になった。俊行が電気を消すと、夜明け前の灰色の空気が、いかにも貧乏くさい部屋に広がった。

「布団、敷いてやろうか」

ふいに人の気配が近付いてきて、囁くような声がした。ほら、おいでなすった。でも、まあしょうがない。こうやってねぐらを提供してもらってるんだしね。私は、一つ深呼吸をすると、目を閉じたまま俊行の手が伸びてくるのをまった。

「なあ、布団」

だが、彼はもう一度そう囁き、それから「寝ちまったのか」と呟くと、一人でごとごとと動き出した。押入を開ける音がして、やがて、ふわりとした感触があって、私の上にタオルケットがかけられた。男臭くて埃っぽい匂いが、私の中に入ってきた。

——お兄ちゃんの匂いみたいだ。

ふと、そんなことを思った。その途端、家出して以来たまに感じる、嵐みたいな淋しさが押し寄せてきた。怖い、寒い、自分が消えちゃいそうな不安が、全身を駆け抜けるのだ。

「——!」

思わず叫びそうになりながら、私は目を開けた。

少し離れたところに、俊行の寝顔があった。まったく、驚くくらいの早さで、俊行は、いかにも健康そうな寝息を立てていた。私は息をひそめたまま、その顔を見つめていた。もしかしたら、こちらの視線に気付くのではないか、本当は狸《たぬき》寝入りをしているのではないかと思ったのに、寝息はやがて鼾《いびき》になり、灰色の部屋の中に溶けていった。私は久しぶりの畳の感触を楽しみながら、その日はなかなか寝付かれなかった。そして日も高くなった頃、私は生まれて初めて、自分から男にしがみついていった。俊行は少し汗臭くて、背中にいくつかニキビがあった。

翌日から、私たちは片時も離れなくなった。外はとろけそうなほどに暑いっていうのに、私たちは抱き合う度に、互いの肌の冷たさに驚き、人の肌の感覚というものが、こんなに自分と違うものかと思った。

三日ほど過ぎた夕方、仕事に行くという彼と離れたくなくて、私は付いていくと言い張った。アパートに転がり込んで以来、ほとんど一歩も外へ出ていなかったし、俊行が留守の間、どこかから拾ってきたというテレビを一人で見て、狭い部屋で息をひそめているのが耐えられなかったからだ。俊行は、一つ舌打ちをしてから、「しょうがねえな」と言った。

「付いてくるだけだからな。誰にも、余計なことは聞くなよ」

それだけを言われて、私は喜び勇んで彼に従った。

俊行の仕事っていうのは、要するにトルエンの売人だった。どっかから仕入れてきた、健康ドリンクみたいな瓶に入ったトルエンを小さな袋に入れて、俊行たちはまず、闇に紛れて車道の中央分離帯に植わっている木の枝に下げる。そして、車に乗って買いに来る客が、信号待ちのふりをして金を渡すのを待つのだ。書き入れ時は夜の十時から一時の間。ちょっと見てると、何をしてるか分からない感じだが、徐行する車から札を握られ、その代わりにトルエンを渡す素早さは、なかなかのものだ。

「儲かるの、あれ」

「俺たちは、使いっ走りみたいなものだから、大した儲けにゃならねえよ。だけど、客はワンサといるんだし、その他にも、時々頼まれごとがあったりするからさ」

「誰から、頼まれるの」

だが、その質問には俊行は答えてくれなかった。無言なのが答えなのだろうと私は察しをつけた。あんなことをやってる連中のバックに、ヤクザのいないわけがないってことぐらいは、十四にもなれば分かって当然だ。

「もしも何かあったら、おまえは何も知らないって言い通せよ」

「何かって？」

「だから、何かヤバいことだよ」

狭い部屋で抱き合いながら、私たちは、時にはそんなことを話し合った。

——時間が止まればいいのに。

そうすれば、ヤバいことなんかも起こらない。私はいつまでも俊行と一緒にいられる。何も考えず、何の心配もせずに、ずっとこうしていられるのに。

そのうち、私は「トシのオンナ」ってことで覚えられるようになり、時々は仕事を手伝うようにもなった。客を見分けることは出来なかったけど、「ほら、来た」と背中を押されると、トルエンを持って車に近付くのだ。

「二本」

「五千円」

それだけ言うと、手のひらに畳んだ札を握らされる、素早く金額を確かめて、茶色い小瓶を差し出す。たったそれだけのことだったけど、これが案外スリリングで面白い。せっせと動き回る私に、俊行は半ば苦笑しながら、「働き者だな」などと言っていた。

たまに午後から歌舞伎町界隈に出かけると、制服姿の女の子たちを見かけるようになった。世間はもう二学期になっていた。

ある日、俊行が今日は仕事に連れて行かないと言った。

「いつもの仕事と、違うんだ。だから、今日は家にいろ」

私は膨れっ面になって「嫌だ」を連発したが、駄目だった。俊行はいつになく緊張した表情で、早く帰るからと言い残して出かけていった。

6

翌日、俊行は私に金のネックレスを買ってくれた。大人の女の人がするみたいな、きらきら光る金の鎖をつけてもらって、私はため息をもらした。

「やっぱ、本物って感じ」

私は、俊行のアパートの、作りつけの流しの脇にかけられた粗末な鏡を何度も覗き込み、右に左にと身体を動かし、ネックレスが輝くのを見つめた。ふと、お母さんのことを思い出した。お母さんはこんなのより、もっと立派なネックレスや宝石をたくさん持っている。けれど、私はいつでも、そんなアクセサリーを身につけるお母さんを、馬鹿みたいだと思っていた。今、俊行が買ってくれたネックレスをつけてみて初めて、私は少しだけお母さんに悪いことをしたなと思った。やっぱり、嬉しいものなんだって分かったから。だけど、お母さんは、ああいう宝石をお父さんに買ってもらっていたんだろうか。お金はお父さんから出ていたとしても、一人で勝手に買っていたんじゃないだろうか。そして後から見せれば、お父さんは「ふうん」って言ったはずだ。

「でも、どうして？　どうして急に、こんなもの」

我に返って聞いてみると、俊行は「ちょっとな」と曖昧に笑うだけだ。

「トルエンがたくさん売れたの？　一リットルとかさ、ドラム缶とか」

俊行は、さも愉快そうに笑いながら、そんなヤツぁいねえよと、私の頭をど突いた。

私たちは、裸で抱き合ってるときでさえ、常に悪態をつき合っていた。

「やっぱ、ガキでも女なんだな。そんなに光り物が好きなのか」

私は、ガキじゃないって言ってんだろうとか言いながら、それでもにこにこしてたと思う。
二、三日すると、俊行はまた一人で仕事に行き、その翌日には、今度は指輪を買ってやると言い出した。私は大喜びして、小さなルビーの入っている指輪を買ってもらった。週に一つか二つずつ、プチダイヤのピアスや、カラーストーンのブレスレットが増えていった。
どうして？　どうして、そんなお金が入るの。俊行はいったい何をやってるの。でも、聞いちゃいけないと思った。だから、私は何かを買ってもらう度に、前よりももっと大喜びするようになった。俊行は、私が喜んでるのを見るだけで、ちょっと得意そうで満足そうだった。

俊行のアパートで暮らす間に、私は目玉焼きを上手に焼けるようになった。それから、冷凍のギョウザとか、野菜炒めも作れるようになった。何しろ、ラーメンを作る小さな鍋とフライパン以外にはやかんしかないんだから、それだけ出来れば百点満点だったと思う。俊行は、時々はすっごい不機嫌で帰ってくることもあったけど、私が何か作ってあげると、結構嬉しそうだった。

時間の流れが変わった。一人で過ごしてた頃よりも、ずっと速くなった。でも、時間は速く流れればいいってもんじゃないってこと、知らなかった。それだけ速く老けるってことなんだし、今にして思えば、歯車はもう狂い始めてたんだと思う。

ある夜、俊行は帰ってくるなり「窓を閉めろ」と言った。九月に入ったっていったって、まだまだ外は暑かった。帰ってくるなりエッチでもするつもりなのとか、いつもと同じように減らず口を叩くには、俊行の顔は真っ白で、本当に寒いんじゃないかと思うほどだった。

窓を閉めて、カーテンを引くと、俊行はほうっと息を吐き出し、それから、がっくりと肩を落として畳の上にへたりこんだ。私が何度か「どうしたの」と聞くと、彼はのろのろと一つの包みを差し出した。私は、新聞紙でくるんだその包みを見つめていた。

「ひょっとすると、ヤバいことになるかも知れねえや」

俊行の声は、これまで聞いたこともないほど震えていた。隣近所に聞こえちゃまずいんだから、懸命に押し殺してはいたけれど、彼は苛立ち、怯えてた。私は、彼が爪を噛み、宙を睨んでいる間に、ゆっくりと包みを開けた。中からは、小さな黒い拳銃が出てきた。

「これ、持ってちゃヤバいヤツじゃないの？」

私は、何となくぽかんとしながら言った。当たりめえだろうっという声が頭の上から被さってくる。ヤバいに決まってんじゃねえかよ、それ、マジで本物なんだぞ。撃ったら弾が出んだからな、人だって殺せるんだぞ。俊行は、堰《せき》を切ったように言うと、いかにも苛立ったように、畳の上にひっくり返って、何度も舌打ちをし、ため息をついた。そんな彼を横目で見ながら、私は自分の中で何かが崩れていくのを感じていた。ああ、やっぱり。何か起きそうな気がしてたんだ。こんなに楽しい毎日が、そういつまでも続くわけないと思ってた。

俊行の説明によれば、彼は最近、普段トルエンの売買を任されている組織とは違うところの人から、チャカの売り買いを引き受けたっていうことだった。前々から、よくトルエンを買いに来てるヤツがいて、チャカが手に入らないかって、聞かれたのがきっかけで。

「畜生——これまでは、全部うまくいってたんだよな」

別に、俊行一人が動いてるってわけでもないらしいんだけど、要するに、チャカが欲しいって人が現れると、俊行たちは「ある人」に連絡を取る。客は、指定された金額を、どっかのコインロッカーに入れて、その鍵を俊行に渡す。何人かの手を経て、その鍵はコインロッカーに戻り、仲間の誰かが現金を確認すると、リーダー格の俊行に連絡が入る。すると、俊行は「ある人」がやっぱり人を使ってチャカを入れておいた、別のコインロッカーの鍵を、その客に渡す――何だか面倒くさい話だ。

「当たりめえだろ。考えてもみろよ、サツの奴らだって、どっからこっちを見張ってるか分かったもんじゃないんだ。間に何人も入れて、目くらましをしなきゃ、マジでヤバい仕事なんだよ」

「――そんなの、引き受けなきゃいいのに」

今更そんなこと言ったって、手遅れだって分かっていながら、私は苛立って俊行を見つめていた。

とにかく、そんなことをしてたら、今日は一度チャカを買ったヤツが、「やっぱりいらない」って返しに来たんだって。もう、使わなくなったって。それで、この包みを受け取っているところを、俊行はトルエンを売ってる組織の方の「兄貴」に見られてしまったのだという。

「何で、受け取ったりしたのさ。そんなの、放っておきゃあよかったじゃん」

「しょうがなかったんだよ、急に差し出されて、思わず受け取っちまったところを、見られたんだ」

トルエンにしてもチャカにしても、とにかく、何があっても組織の人のところまでは遡《さかのぼ》れないようにするっていうのが、こういう仕事の鉄則だ。そして同様に、一つの組織の末端で動いていたら、他の組織の仕事は引き受けないっていうのも、絶対の掟《おきて》。それは、前々から聞いていた。

「兄貴には、何て説明したの」

「――何も、聞かれなかったんだ。確かに、見てたはずなのに」

俊行は暗い目で言った。その場で何か言われるのなら、それでことは済むのだという。何も聞かれなかった方が、後でずっと恐ろしいことになるのだと。

「あいつら、裏切り者は許さないからな」

私は、小さな拳銃と俊行の顔とを見比べながら、こんなちっぽけなもので、どうしてここまでビビる必要があるんだろう、なんて思ってた。だけど、しょうがない。何かが渦巻いて、私たちを呑み込もうとしていた。

何だか久しぶりに、自分がまだ子どもであることを思い出していた。そう、私はまだたったの十四なんだ。すぐ傍には、まるで理解できない大人の世界が広がっている。大きな黒い口をぽっかりと開けている。

「――どうすんの」

死んだように動かなくなっていた俊行が、いきなり抱きついてきた。

「どうしようも、ねえ。どうすることも、出来ねえよ」

俊行は、決して私の目を見ようとしなかった。そして、子どもみたいに私にしがみついていた。

それから、二、三日、俊行はアパートから出ようともしなかった。時々ＰＨＳが鳴ったけど、それすらもとろうとせず、それまでの彼とは別人のように暗くふさぎ込んでいた。私も、何て言ったらいいかも分からないまま、一緒に暗く過ごしてた。やがて、彼は私にその黒い拳銃を持ってみろと言い出した。

「何かあったら、それを使え」

「それって、人を撃てってこと?」

ああ、何だか取り返しのつかないことになりそうだ。だけど、俊行は大人みたいな固い表情のまま、ゆっくりと手を伸ばして拳銃を握り、私に差し出してくる。

「何かあったら、だ。使い方は簡単だから」

そして、彼は私に拳銃を握らせ、操作の方法を教えた。何てことない、昔、お兄ちゃんといっしょに遊んだオモチャのピストルと同じじゃない。第一、この拳銃自体が小さくてちゃちで、オモチャみたいに見える。

「だけど、本物なんだからな。何かあったら、これを使って、相手をビビらせろよ。その間に、逃げるんだ」

そんなときが来るわけないと思っていた。

だけど、俊行があまりにも真剣な顔をしていたから、私は黙って頷いた。

7

四日目、私たちは恐る恐る出かけてみた。「あれ」は、私が持ち歩くことになっていた。最初はドキドキして、しょっちゅう、後ろを振り向いたり、曲がり角から走ったりしてみたけど、心配していたようなことは、何も起こりはしなかった。

「何だか、ドラマみたいだったね」

アパートに戻ると、私たちはほっと胸を撫で下ろし、それから小さな声を出して笑った。何だか、息を殺して過ごした数日のことが、馬鹿みたいに思えた。

「気のせいだったんじゃないの？　暗かったんだしさ、見られてなんか、ないんじゃない？」

私が言うと、俊行も自信のなさそうな顔になって「そうかな」と答える。

「あいつらが、こんなに長く放っておくわけないもん。見られてなかったんだよ、トシの考えすぎ」

俊行も、何となく拍子抜けしたみたいな顔になって「そうかも知れない」と呟いた。

「そんなに心配なんだったらさ、『兄貴』って人に直接会って、様子を見てみりゃいいじゃん」

「確かに、いつまでも、こんなことしてたら、食っていかれなくなるもんな」

そして翌日、私たちは夕方になると連れだって出かけた。再びトルエンの売人に戻るためだ。しばらく姿を見せなかった俊行に、仲間たちは別段不思議そうな顔もせず、当たり前みたいに接していた。ここにいる連中も、誰が姿を見せて、誰が消えたとしても、まるで関心を持たないらしかった。

例によって夜中の二時過ぎまで働いて、集金に回ってきた人に売り上げを渡して、代わりに駄賃程度の金をもらう。そのお金を握りしめて、私たちは仲良くラーメン屋に入って遅い夕食をとった。いつの間にか夜風が涼しくなり始めていて、ラーメンの湯気を吹くのが嬉しかった。私たちは、お互いのラーメンに馬鹿みたいにコショウをかけたり、コップの水にラー油をたらしたり、そんな悪戯《いたずら》をしあいながら、ラーメンを食べた。やっぱり、気のせいだったんだ。歯車は狂ってやしなかった。私は、心の底からほっとしていた。そして、目の前で笑っている俊行を、ずっと見ていたいと思った。

――好きかも、知れない。

ふと、そう思った。それまで、そんなこと考えたこともなかったんだけど、きっと私は俊行が好きなんだ。

「ねえ」

私は割り箸の先をくわえたまま、俊行を見た。

「好き?」

「何が」

「あたし」

一瞬、俊行は呆気にとられたような顔をしていた。そして、小首を傾げながら「どうだかな」と言った。

「わかんねえな」

その顔が本当に不思議そうだったから、私は、なあんだと思った。俊行の方では、何とも思ってないのか。まあ、一緒に住んでるんだから、嫌ってほどじゃないんだろうけど、エッチする相手ぐらいの感じなのかな。そう思うと、何となく悲しかった。

「——嘘だよ」

ラーメン屋を出て、アパートに向かって歩き始めると、俊行が呟いた。ちょうど路地を曲がって、線路際の道を歩き始めたところだった。

「何が」

「さっきの」

「さっきのって?」

「——どうだかなってヤツ」

私は立ち止まって俊行を見た。俊行は、顔立ちは別として、まつげが長い。ちょっとカールしてて、マッチ棒がのるくらいだ。女の子みたいに可愛い目元だと私は思う。暗がりの中でその目を見つめて、私は俊行が何か言うのを待った。

「——わかんねえなんてこと——」

俊行が、そこまで言いかけたときだった。彼の目が一瞬宙を泳ぎ、私もつられてその視線を追った。いつの間にか、すぐ傍まで近付いてきていた白い車から、二人の男が降りてくるところだった。

「——逃げろっ！」

俊行の声が聞こえたときには、遅かった。男たちは、飛びかかるように走ってくると、俊行に両方から摑みかかった。私は、その場に凍り付いたようになり、一人の男が俊行の口を塞ぎ、もう一人が腹を殴るのを、ただ見ていた。

「ふざけた真似、しやがって」

片方の男が、低く押し殺した声で言った。男にふさがれている俊行の口から、ぐうっというような声が洩れて、身体が大きく折れ曲がる。私はがたがた震えながら、胸に抱えていたリュックを喉元まで引き寄せてた。その時、何か固いものが布製のリュックを通して首に当たった。

——何かあったら、これを使って、相手をビビらせろよ。その間に、逃げるんだ。

俊行の言葉が脳裏をかすめた。私は震える手でリュックを開き、中に手を突っ込んで「あれ」を握りしめた。人指し指は、もう引き金にかかっていた。

「おまえも、来い」

俊行は気絶したらしかった。一人が彼を抱え上げると、もう一人が私に近付いてきた。

「来いって、言ってんだよ」

私は身動きできないまま、男が来るのを待っていた。もうあと数歩で、男の手が私にかかりそうになったときだった。私はリュックから手を引き抜き、何も考えずに、引き金を引いた。

ぱん！

すごいちゃちな音がした。でも、次の瞬間、私に近付こうとしていた男は、片脚を押さえて地面に倒れていた。私の頭は真っ白になった。そして次の瞬間、一気に走り出していた。

――逃げるんだ、逃げるんだ、逃げるんだ！

それ以外には、何も考えられなかった。とにかく走り続けるしかなかった。こう見えても、真面目だった頃には、結構早く走れたつもりなのに、まるで思うように足が動かない。すぐに息切れがして、心臓が破けそうだった。

明け方近くまであちこちを逃げ回った挙げ句、やっと気持ちが落ち着いてきたときには、私はまた歌舞伎町の近くまで戻ってきていた。とんでもないことになった。ひょっとして、あの男は死んだんじゃなかろうか。ああ、俊行はどうなってしまっただろう。でも、どうやって調べればいいのかが分からない。第一、私自身、どうやって逃げればいいのか、分からないのだ。暗かったし、ガキに見えないようにサングラスもしてたから、顔は覚えられてないかも知れない。だけど、奴らは俊行のアパートだって見張ってるに違いなかった。これじゃあ、着替えることも出来やしない。

私は一瞬のうちに、すべてを失ったことを知った。ねぐらも、買ってもらったアクセサリーも、俊行も、すべて。

結局、あれこれと考えた挙げ句、私が行ったのは、あの雑居ビルの七階だった。あそこには、家出した当時の服なんかを置きっぱなしにしてきていた。もしも、もう新しい店になっちゃってたらと思ったけど、他に思い当たるところもない。ようやく夜明けを迎えて、人気のなくなった街を、私は必死で走り抜けた。しんとした冷たい空気に、ぱたぱたという私のサンダルの音だけが響いた。

店のあとは、まだそのままになっていた。非常階段を伝って七階まで上がり、ドアを開けて、前と同じ景色が広がっているのを確認したときには、私はほっとして泣きそうになった。だけど次の瞬間、何だか嫌な臭いがこもっていることに気が付いた。とにかく、ドアを開けて、外からの光を頼りに中に入る。薄ぼんやりとしたシルエットだけだけど、片隅のテーブルの上には、見覚えのある紙袋がのっていた。そう、私が俊行と出会うまでの、全財産が入った袋だ。

——よかった。

これで何とかなりそうだ。私は急いで部屋に入り、すぐに袋の中身を取り出した。真夏に着ていた私の服が、しわくちゃのままで入っている。匂いを嗅いでみると、ちょっと汗くさかった。だけど、この部屋にこもっている臭いとは違う。何だろうと思いながら、とにかく私は服を着替えた。そして、ソファーに身体を投げ出した。もう呼吸は整っていたけど、それでも胸が痛く感じる。身体が細かく震えていた。

俊行は、どうなっただろう。今頃、どうしてるんだろうか。でも、私なんかには、どうすることも出来やしないってこと、それだけは確かだ。第一、私は人を撃ってしまった。もしも見つかれば、私自身がマジで殺されるだろう。ああ、でも、俊行は私の代わりに殺されたりするんだろうか。

——まさか。

まさかとは思う。でも、あり得ないことじゃない。じゃあ、どうすればいいんだろう。そんなことを考えてると、涙が溢れてきた。前に泣いたのは、俊行に会ったときだったのを思い出して、余計に泣いた。

気が付くと、部屋の中はずいぶん明るくなっていた。私は泣き疲れて、呆けたように室内を見回した。その時になって初めて、ソファーの陰に何かが転がっているのに気が付いた。リュックから煙草を取り出し、口にくわえながら、私は何気なくそれを見た。

「——」

最初は、何も思わなかった。でも、煙草の煙を吐き出しながら、目を凝らすうち、どんどんドキドキしてきた。その何かは、指輪をしてた。サンダルを履いてた。嫌だ、何、これ。何で、どうして——。そんな言葉が、頭の中で渦巻いた。見たくもないのに、私はそれから目が離せなくなり、立ち上がる元気もないはずなのに、ソファーから腰を上げていた。

それは、あっちを向いて倒れてた。私は指先に煙草を挟んだまま、口をぽかんと開けて、それを見た。指輪は、どっかで見たことのあるものだ。それに、ピアスも。やめてよ、冗談じゃない。それの下には、何だか黒いものが広がってて、それは、どう見たって生きてる人とは思えない格好に身体が捻《ねじ》れてるんだから。

「――やめてよ。マジ？」

私はマリエに話しかけた。顔を見るまでもなかった。その指輪もピアスも、間違いなく、マリエのものだったのだ。私と一緒に万引きして、お互いに好きな方を選んだときのものなのだ。茶色い髪も、腕のホクロも、全部、マリエだった。

「何で――何で、こんなことになっちゃうのよ」

今度は、お腹の奥底の方から、固まりみたいな涙がこみ上げてきた。私は、マリエの名前を呼び、俊行の名前を呼びながら、今度こそ声を上げて泣いた。こんなに大声で泣いてるんだから、誰かが見つけてくれたってよさそうなものだと思ったのに、泣き疲れるまで、結局誰も、私を見つけてはくれなかった。

8

そして、私の中で何かが壊れた。涙が涸れたとき、もう、何も感じない、何も考えられない私が出来上がっていた。

——しょうがない。

それしか、思いつく言葉はなかった。結局、マリエも俊行も、幻みたいに消えてしまったのだ。ほんの短い間、ちょっと関わっただけの人だもん、その先どうなろうと、私には関係ない。

関係ない。名前だって本物か分からないような人たちだったじゃない。みんな野良猫みたいなもんじゃない。ドブにはまって死ぬのもいれば、腐ってる餌を食べて死ぬのもいる。運が良ければ、どっかの誰かに拾われるかも知れない。私は、野良猫なんだ。

昼近くなると、私は近くの薬局に行った。いつも混んでるその店で、髪を黒く戻すクスリを万引きし、再び「ねぐら」に戻っても、やっぱりマリエは動いていなかった。私は、マリエの死体の気配を背中で感じながら、洗面所で髪を黒く染めなおした。これで、俊行を襲った連中に見つかっても、すぐには分からないだろう。

昨日まで着ていた服はそこに置いて、私は全財産を持ってマリエの「ねぐら」をあとにした。

そして、私は一人になった。私は本物の野良猫になったんだ。何も考えず、何も感じない、抜け殻みたいになったままで、ふらふらと過ごす野良猫。お金なんかもらえなくてもいいから、とにかくホテルに一泊できれば、どんな男とでも寝る野良猫。

いつの間にか、街からは鮮やかで強烈な色が消え始めていた。このまま秋が深まったら、今見えているすべてのものは、全部が枯れていくんじゃないだろうか。その時には、私も枯れ木みたいになってポキリと折れるに違いない。

「君、本当はいくつ」

時々、ホテルに誘ったおじさんに聞かれることがあった。私が四十って答えると、おじさんは面白い子だとか何とか言って笑った。私は、別に冗談を言ったつもりはない。本当に、四十くらいの気分だったのだ。

「怖くないの、こんなことしてて」

「何が」

「だって、どんな男と会うか分からないだろう。中にはタチの悪いヤツだって、いるんじゃないかい」

「大丈夫、チャカ持ってるから」

私が言うと、おじさんは余計に笑って、お小遣いをくれたりした。私は、おじさんの間抜け面を横目で見ながら、本当なのにと思ってた。

九月も末になったある日のことだった。その日はテレクラでもろくな相手をつかまえられなくて、歌舞伎町をうろついてても失敗ばっかり、結局、あぶれそうな気配だった。こんなに街中をうろうろしてたら、ヤバいことになるんじゃないかって気もしたんだけど、何を考えるのも面倒で、結局、その辺にいる人たちを眺めて時間を潰してた。

そのうち、一人のおばさんに目がとまった。とても夜更けの歌舞伎町に似合うって感じじゃないのに、その人は堂々と噴水の前で居眠りをしてた。なんか、呑気《のんき》っていうか、図太いっていうか。

人々の流れはいつもと変わらないのに、そのおばさんだけは、へんちくりんな絵みたいに動かない。大丈夫なの、そのうち、バッグでも盗まれるんじゃないの。あんまり無防備なんで、私はついつい、そのおばさんを観察し続けることになった。いったい、いつになったら起きるんだろうと思ってるうちに、真夜中になった。おばさんは相変わらず眠りこけてる。その傍をホームレスとかチンピラとかが、まるで野良犬みたいにうろうろし始めた。私だって野良猫なんだから似たようなもんなんだけど、あんな善良丸出しのおばさんを襲うのは、やっぱ、まずいんじゃないのかって気がした。第一、ずいぶん寒くなってきてる。あのまま寝てたら、ちょっとヤバいかなって感じがする。少なくとも風邪はひくだろう。私は、おばさんに近づき、くう、くう、とやたら健康そうな寝息を立てているのを確認すると、「おばさん」と声をかけた。

「ちょっとってば！　ねえ！」

身体を揺すると、その人はぐらぐらと頭を揺らし、「ううん」と小さな声を出した。

「こんなところで眠ってたら、死んじゃうってば、ねえ！」

私は、さらに大きな声を出した。やがて、その人はようやく目を開けて、ぼんやりとあたりを見回していた。三十かそこらの、地味なおばさんだった。

「――すみません。久しぶりに、酔っぱらっちゃって」

まだ焦点の合ってない目でこっちを見ると、その人はふにゃふにゃした口調で言った。

言葉通り、ぷんと酒の匂いがする。

「あたしに謝ったって、しょうがないじゃんよ」

私は、半ば呆れながら、おばさんを見ていた。まったく、ここがどこだか分かってるんだろうか。泣く子も黙る歌舞伎町、何が起こるか分からない街だってこと、知らないんだろうかと思った。

「よく寝てたよねえ、結構、長いこと」

「――そう――寝てた？」

呑気な答えに、私は笑いそうになった。

「寝てた、寝てた。最初は死んでるのかと思ったくらい。だって、おばさんみたいな人が、こんな場所で居眠りしてるなんて、おかしいもん」

イライラするほど反応がない。私は、まだとろんとした目つきのおばさんに、「ここがどこだか、分かってんの？」と聞いてみた。

「歌舞伎町だよ」

「――ああ、そうよね」

「まさか、家出してきたってわけでも、ないんでしょう？」

おばさんは、初めてちゃんと目が覚めたみたいな顔になった。自分の腕時計に目を落とし、ようやく今がもう夜中の三時過ぎだってことに気付いたらしい。急に慌てた顔になって、私に向かって同窓会があったとかなんとか、言い訳を始めた。私は、少しの間、ふんふんと相づちを打っていた。

「あなたは？」

口を動かすと目が覚めるものなんだろうか。おばさんは、ふいにこっちを見た。私は正直に「あぶれちゃったの」と答えた。でも、おばさんにはその言葉の意味がよく分からなかったらしい。だから、私は今夜はおじさんに拾われそこねたのだと言った。おばさんは驚いた顔をしていたが、私が「今日は、ツイてないんだよ」と続けると、少しばかり同情的な表情になった。

「――家には、帰らないの？」

「帰るくらいなら、こんなところでおじさんを探したりしないって」

「家出、中？」

「そんなとこかな」

「おうちの人、心配してるんじゃ、ないの？」

「してないんじゃないの？」

「――そうなの？」

おばさんは、何だか気弱に見える表情で、恐る恐る、私の歳を聞いた。だけど、私が「関係ないじゃない」というと、慌てたように口をつぐんでしまう。何だか、こういう人って新鮮だ。これが普通のおばさんなんだと思うと、もうとっくに何も感じなくなってるはずの心が、冷たい風に吹かれてサワサワ揺れるような気がした。私は思い切って

「ねえ」とおばさんに話しかけた。

「お金、貸してくれない？」

　最初、おばさんはきょとんとした顔をしていたが、おばさんが眠っている間に盗んでもよかったのだと、半ば脅すような言い方をすると、びっくりするくらい素直な口調で「いくら」と言った。

「一万円」

「お金、持ってないの？」

　もう、馬鹿なんだから。持ってたら、こんなこと頼まないじゃん。どうやら、相手は平和ボケ、幸せボケのおばさんらしい。

「ねえ、持ってないの？」

「持ってないことも、ないけど」

「ねえ、貸してよ」

　私が手を突き出すと、おばさんは、きょとんとした顔のまま、バッグから財布を取り出して、私に一万円札を一枚くれた。そして、見張ってくれていたお礼だから、返さなくていいと、その人は言った。その時、私の中で何かが閃《ひらめ》いた。

「おばさん、話が分かるじゃん」

　言いながら、背中のリュックを下ろすと、私は中から「例の物」を取り出した。

「代わりに、これ、あげるから」

おばさんは、眠そうな目をぱちぱちとさせながら、私が手渡した包みを見つめている。

「あたしの、お守りだったんだけどさ、おばさんにあげる。お金くれた、お礼」

おばさんは、なおもぼんやりした顔のまま、包みを見つめている。私は、おばさんのバッグに包みを押し込んで、立ち上がった。

「おばさんも、早く帰った方がいいよ。ダンナとか、いるんでしょ？」

「――ダンナだけじゃなくて、子どもも、よ」

おばさんは思い出したように言った。そして、私の口調を真似て「ヤバい、ヤバい」なんて言ってる。ああ、こういう人のヤバいなんて、呑気でいいよなと思いながら、私は立ち上がったおばさんがタクシーに乗るまで見送ってやることにした。中身も確かめずに、「あれ」をバッグに入れたまま、おばさんは、結構怪しい足取りでタクシーに乗り込み、そして、どこかに消えていった。

――バイバイ。

おばさんを見送ると、私は小さく身震いをして、歩き始めた。とにかく、これで今夜は何とかなる。それで十分だった。あとは、空いてる部屋を探すだけだと思いながら歩き出したときだった。ふいに背後から肩を叩かれた。私は、髪の毛が逆立つくらいにびっくりして、その場で固まってしまった。

「こんな時間まで、何してるの」

だけど、振り返ったところにいたのは、灰色のスーツを着た女の人だった。隣には、紺色のブルゾンを着込んだ男の人がいる。一目見て、サツの連中だって分かった。

「一人？ ちょっと話を聞かせてね」

いつの間にか、三人の大人が私を取り囲んでいた。よかった——よかった。この人たちが捕まえてくれれば、私はもう逃げ回らなくてもいいんだ。そして、ついさっき、「あれ」を手放したことを本当にラッキーだったと思った。「あれ」さえ見つからなければ、大したことにはならないだろう。

「そんな格好じゃ、寒いでしょう。どこから来たの」

灰色のスーツの人が、私の肩を抱き寄せるようにしながら言った。温もり。人の肌。でも、もう私は何も感じない。野良猫は、人にはなつかないんだ。近くの交番まで歩きながら、私は思ってた。私は、猫と同じ速さで歳をとったんだって。

なかないで

1

　エレベーターを降りると、西の空にほんのわずかな夕焼けの名残が見えた。十二階の高さからは、玩具《おもちゃ》のような都会の家並みや、時には遥かな山並みを見渡すことが出来る。それらの全てが今、夜の闇に包まれようとしている。

　吹き抜ける風に額の汗を飛ばしながら、岩淵信人《のぶと》はマンションの通路をゆっくりと歩いた。ここまで来てようやく、のんびりとした歩調に戻ることが出来た。行儀良く並んでいるいくつかのドアの前を、ズボンのポケットにある鍵を探りながら通過する。奥から二つ目のドアが、信人の借りている部屋だった。

　玄関を開けると、日中は閉めきりになっている部屋特有の匂いがこもっている。照明に浮かび上がった、何となく雑然とした、しかし最近になってようやく馴染み深く感じられるようになってきた室内を見回して、信人は深々とため息をついた。ああ、ようやく一日が終わった、素のままの自分に戻れる空間に戻ってきたと思うと、背中からがっくりと力が抜けそうだった。

　――やってらんねえよなあ。

　のろのろと靴を脱ぎながら、信人は心の中で呟いた。別に、誰に聞かれるわけでもないのだから、口に出して言ったって良いようなものなのだが、生憎《あいにく》独り言を言う習慣は持ち合わせていない。それにしても、思い切り声に出したいくらいの忌々しさが、さっきから自分の中で膨れ上がっている。まったく、やっていられないと思う。毎日毎日、どうしてこんな思いをしなければならないのだろうか。

せっかく借りたこのワンルームマンションだって、快適な住空間を演出する暇さえない。ローンで買ったラブチェアーは、腰掛ける隙間もないくらいに、洗濯物を積み上げる場所になってしまっていた。張り切って買い込んだ観葉植物の鉢は、いつの間にか全ての葉を落としてしまっていたし、友人から譲り受けたブティックハンガーには、背広やネクタイがバーゲン会場のように乱雑にかかり、初めて東京暮らしを始めたときから持っているコタツの上には、封さえ切っていないダイレクトメールが散らばっている。

分かっていた。

サラリーマンになったからだ。もう学生ではないからだ。だから、毎朝毎晩、満員電車に揺られなければならないし、明るい時間には帰宅できないし、部屋の掃除もままならない。会社に行ったら行ったで、米つきバッタのように頭を下げ続けなければならないし、自由に煙草も吸えないし——信人の会社は、全社禁煙と定められていた。愛煙家は、周囲の目を気にしつつ、所定の喫煙コーナーに行かなければならない——たった一、二年入社が早かっただけで、やたらと先輩風を吹かせる野郎の誘いに応じて、そう旨いとも思えない酒にも付き合わなければならない。

誰彼のグラスが空いていないかを気にし続け、面白くもない話に懸命に耳を傾けて不必要な笑い声を上げ、やたらと調子良く接することに長《た》けている同期の社員に呆れながらも嫉妬する、そんな酒の席が、楽しいはずがなかった。

だいたい、自分の親父に近いような年代のおっさんが、顔を赤くしてでかい声を張り上げるのに付き合うのは、本当に恥ずかしい。普段着よりもサラリーマンのスーツ姿の方が、よほど胡散臭《うさん》く見えるということを、信人は初めて学んだ。要するにスーツというのは、ある種の隠れ蓑《みの》に過ぎないということだ。ひとたび酒が入れば、中身が出てくる。それは、意外な程に下劣な品性だったり、単なる助平根性だったりして、新入社員をどれほど落胆させるか、親父たちは、そんなことさえ忘れ果てているのに違いない。

――辞めようかな。

いつもの癖だった。肩からほっと力が抜けたときや疲れていると感じたとき、信人は必ずそう思う。その思いは、入社して一週間後には頭に浮かんでいた。こんな会社、辞めてやろうかなと。

理由はいくらでもある。魅力的な上司がいない。自分の個性が生かせそうにない。やりがいを感じない。将来性を感じられない。可愛い女の子がいない――とにもかくにも、面白くない。

そんなことをする度胸がないことぐらい百も承知だが、それでもつい思うのだ。今にして思えば、張り切っていたのは入社式の日くらいのものだった。あの時は、社長の訓示を受け、それなりの喜びや誇らしさもあって、我ながら新鮮な気持ちだったと思う。

だが、ガキの合宿みたいにラジオ体操で始まる研修が済んで、実際の部署に配置される頃には、徐々に緊張感も薄れ、後は無味乾燥の日々だけが始まった。

——こんな暮らしが、これから先ずっと続くんだぜ。じいさんになるまで、ほとんど一生に近いくらい。

今、自分のワンルームマンションに戻ってきて、信人はいよいよそんな気持ちになりつつあった。こんなことならば、千紗《ちさ》と別れるのではなかったと、ふと思う。だが、後悔などすべきではない、あれが最良の選択だったのだ。

去年の暮れに、こちらから別れを切り出したとき、千紗は眉をひそめながら、信人を無責任だとなじった。結婚すると思っていたのに、逃げるのかとも言った。

「とてもじゃないけど、そんな先のことまで考えられないって言ってるんだ」

「何も、今すぐ結婚したいなんて、言ってないじゃない」

「じゃあ、あと少なくとも五年か六年、待っていられるか？」

千紗は口ごもった。大学三年のときから付き合っていた彼女は、合コンで知り合った短大生で、自分自身も就職活動に苦しんでいた。そして、秋の深まる頃からは、こんなに就職が厳しいのなら、いっそのこと早く家庭におさまりたいなどと言うようになっていたのだ。彼女が恥ずかしそうに「お嫁さんになるのも、いいかなと思って」と言うのを、信人は背筋が寒くなる思いで聞いたものだ。

信人が内定をもらった会社では、就職後一年は結婚しないということが、ひとつの条件になっていた。そんな条件に縛られていなかったとしても、信人には二十代の前半で女房を持ち、父親になるという人生など、思い描くことすら出来なかった。だからこそ、急いで結婚したがっている女を、思わせぶりな台詞で縛りたくないと思ったのだ。信人にとっては、せめてもの誠意のつもりだった。それに、本当に好きなら、五年や六年くらい待つわと、言ってくれるとも期待していた。

「信くんの、嘘つき！」

最後に、そんな捨て台詞を残して去っていった千紗だったが、年が明けた頃、彼女が就職を決めたという噂を聞いた。暮れにスキーに行って知り合った彼氏（！）の親父さんの会社に、まんまと就職を決めたということだった。信人が別れを告げてから、数週間後のことだったという。その間、胸に刻まれた傷の痛みを抱えて日々を過ごしていた信人は、狐につままれたような気分で、その話を聞いたものだ。

——そうだ。だから、間違ってやしなかった。ここに千紗がいればなんて、女々《めめ》しい考えは捨てるんだ。

のろのろとネクタイを緩め、ズボンをプレッサーに挟み込みながら、信人は自分に言い聞かせていた。ジーパンだった頃ならば、どんなものでも放り投げておけば良かったのに、面倒なことこの上ない。ああ、何もかもが忌々《いまいま》しい。

——こんなことなら、田舎で就職した方が、まだよかったかもな。

去年の今頃のことがふと思い出される。厳しい雇用状況と言われ、ある種の危機感を抱きながら、様々な案内書や、データを集めたり、先輩を頼って各社を訪問したり、あるとも思えないコネを探し回っていた頃の方が、よほど充実していた。あの頃は夢があったのだ。企業戦士と呼ばれる存在になって、肩で風を切りながら颯爽と突き進む、そんな自分を想像していた。なのに、ようやく一人前の社会人になったと思ったら、拘束時間ばかり長くて、自分の意思など生かせる場所は皆無、その上、不細工な女の先輩社員にまで「岩淵クンて、要領が悪いのネ」などと笑われなければならない。

字の下手さを笑われ、誤字の多さを罵《ののし》られ、返事が悪い、電話の受け答えがなってない、動作が鈍い、姿勢が悪い、声が小さい、覇気がないと、好き勝手なことばかり言われ続けて過ごしてきた、それが、今日までの二カ月あまりだった。

――嘘だろう。マジかよ。勘弁してくれよ。

近頃では、一日に何度となく、同じ台詞を心の中で呟くようになっていた。通勤の電車の中でも、デスクに向かっていても、手洗いでも、気が付くと、つい呟いている。まったく、勘弁してほしいことだらけだ。社会人というものが、こんなにつまらないとは思わなかった。

普段着に戻ると、部屋の窓を細く開け、信人は缶チューハイを飲みながら、ぼんやりとテレビのナイター中継を見た。十二階のこの部屋は、窓を開ければ常に強い風が吹き込んでくる。この春に越してきたばかりだから、どうも馴染みが薄いが、それでも見晴らしが良くて涼しいことはありがたい。真夏になっても、冷房など必要ないに違いなかった。

——だけど、冬は寒いんだろうな。

ということは、冬までには暖房器具を何とかしなければならないということだ。クレジットで買うにしても、その金で冬のボーナスは飛んでいくだろう。秋冬もののスーツも買わなければならないし、靴だってネクタイだって、もう少し揃える必要がある。そんな買い物で、ボーナスなんて吹き飛ぶに違いない。これがサラリーマンというものだろうか。

今夜も酒はうまくなかった。ひとりぼっちで、空中に浮かぶ部屋で過ごすくらいならば、最後まで先輩の誘いに付き合っていた方がましだったかも知れない。第一、自分がいなくなった後の話題が気になっている。取引先についての情報でも、上司の好みや癖でも、誰彼に関する噂でも、何でも知っておいた方が良いに決まっているのに、たまには一人で息抜きしたいと思ったばかりに、急いで帰らなければならないと嘘をついたのは、失策だったかも知れない。あれこれと考えていると、自分がいよいよ女々しい気がしてきた。

——何だか俺、性格悪くなりそうだ。

こんな毎日を送っていれば、そうならざるを得ない気がしてくる。愚痴っぽくなり、周囲ばかり気にするようになって、やがて、もう少し仕事を覚えて、自分で判断しなければならないことが増えてくれば、責任を負わずに済む方法ばかり考えるようになる

――そんな人間になりそうな気がしてならない。

「ああ、つまんねえ！」

ナイター中継もとっくに終わり、好《い》い加減に酔いが回ってきたところで、思わず声が出た。あんなに楽しみにしていたゴールデンウィークはとうに過ぎ去った。夏休みはまだ当分先のことだ。それまで、毎日毎日、満員電車に揺られて、毎日毎日、同じオフィスに通い、毎日毎日、誰かに指図されて過ごさなければならないのだろうか。

「つまんねえぞ！」

フローリングの床にひっくり返り、信人はさらに声を上げた。目をつぶると、今日、ビルの窓から見た初夏の空が思い出された。信人が右往左往している間に、季節はどんどん巡り、早くも夏の気配を色濃くしていた。さあ、海へ行こう、緑の風に吹かれよう、心地良い汗をかこうと、青い空に湧く夏らしい雲さえ誘っていた。だが、それは虚しく残酷な夢だった。そんな陽射しを受けて歩くのも、心地良い風に吹かれるのも、今の信人にとっては先輩や上司の後を追ってビルの谷間を必死で歩き回るときか、似たような服装の連中に混ざって昼飯をかき込むために外に出るときに限られているのだ。そう、それがサラリーマンの生活だった。

――こんな風になる為に、俺は大学まで行ったのか。去年、あんなに必死で歩き回ったのか。

その通りだ。こうなる為に、信人は大学に入り、大学を目指すために二年も浪人し、希望の高校に受かる為に好きな野球も諦めて、小学校の頃から塾通いして――いったい、どこまで遡《さかのぼ》れば良いのか、もう分からなかった。とにかく今、分かっていることは、あと二日頑張って、週末を迎えること。土日に用事が入らなかったら、たまった洗濯をして、クリーニング屋に行って、何かリフレッシュする方法を考えること。

「――そしてまた、月曜日だ」

このまま眠りに落ちてしまいたかったが、いかんせん、窓から吹き込む風が冷たすぎた。信人は、やっとの思いで起きあがり、窓を閉めると、今度はベッドに倒れ込んだ。こうして眠りに就くときが一番幸せなんて、哀れな話だと思った。

2

カアカア、カアカア――。

ふいに耳元で大きな声がした。思わず目が覚めた信人は、しばらくの間、白い天井を見上げていた。

カアカア、カアカア――。

カーテンを通して、薄ぼんやりと夜明けの気配が迫ってきているのが分かる。顔をしかめながら枕元の目覚まし時計に目をやると、信人は舌打ちをした。まだ五時前、四時五十分ではないか。

――勘弁してくれよ。

だが、カラスの声は、やたらと耳元で聞こえて、信人の意識をより鮮明にさせていく。信人は何度も寝返りを打ち、舌打ちを繰り返した。やがて、もう好い加減にしてくれと思った頃、カラスの声は聞こえなくなった。

「何だ、今日はまた随分眠そうだな」

その日、会社に行くと、さっそく先輩の尾形《おがた》に声をかけられた。

「ゆうべは、遅かったのかい」

「ああ、いや、そんなこともないんですが」

「そうだよなあ。あんなに早く帰ったんだもんなあ。他の用事でもなけりゃ、家でゆっくり出来てたはずだよなあ？」

昨日、一時間あまりで酒の席から逃げ出した信人に、先輩はいかにも意味ありげな眼《ま》差《ざ》しを送ってくる。信人は、曖昧な笑みを浮かべて「そうですよね」などと答えながら、二度寝になったことを悔やんでいた。

カアカア、カアカア。

翌朝も、信人はカラスに起こされた。時計を見ると、昨日と同じ四時五十分だ。

――やめろって。もう。

そうでなくとも、前の晩は上司のお供で午前様だったのだ。髪をかきむしりながら、枕に顔を埋め、信人は「やめろ」とうめいた。

週末も、せっかくの休みだというのに、カラスが鳴いた。日曜日、やはりカラスの声で目覚めた信人は、思い切ってベッドから抜け出し、窓のカーテンを開けてみた。いた。

すっかり白み始めた空を背景に、真っ黒いハシブトガラスが、ベランダの手すりにとまって、首だけを巡らしてこちらを見ている。信人は、思わずぞっとして、開いたカーテンを閉じてしまった。一瞬、襲いかかられるのではないかと思ったのだ。

――マジかよ。

あんな不気味な奴に睡眠を妨げられていたのかと思うと、自分がいかにも不運な、呪われた存在のような気になってくる。信人は、再びベッドに潜り込み、しばらくの間、息をひそめていた。

その日は、久しぶりに学生時代の仲間に会った。友人は、誰もが少しばかりこざっぱりした表情で、奇妙にぎこちなく見える笑みを浮かべ、中には明らかにやつれて見える者もいた。誰もが、最初のうちは「我が社」の自慢話を語ったが、やがて酔いが回ってくると、徐々に愚痴を言い始めた。皆、似たり寄ったりの日々を送っているらしいと分かって、信人は嬉しくなった。

「まったく、入社して二、三年しかたってないっていうのに、もうどっぷり親父臭くなってる奴らだらけなんだもんな」

「何かってえと『学生気分が抜けてない』とかって言いやがって、そんなこと、ありゃあしねえよ、きっちりやってるじゃねえかって、言ってやりたいよ」

「情けねえよな、新人いびりくらいしか楽しみがない野郎なんて。嫌味を言うだけが唯一の楽しみになってるなんて、冗談じゃねえよ」

「ふざけんじゃねえって、言ってやりてえよ。何もてめえに給料払ってもらってるわけじゃねえっていうの」

かつての仲間たちは、コネの有無や運によって多少のばらつきはあるものの、いずれも似たようなサラリーマンになっていた。

「冗談じゃ、ねえぞ！」

「こうなったら、絶対に見返してやる！」

信人たちは互いに気勢をあげ始め、顔も知らない仲間の上司を、友人に代わって名指しで罵り始めた。

「畜生！　尾形の馬鹿野郎！　聞いてるか、尾形！」

仲間の一人が、信人の先輩の名前を大声で呼んだ。代わって信人は、仲間の上司を名指しで罵った。そうやって憂さを晴らしながら、もう明日のことが気になり始めている自分が、どうにも惨めに思えてならなかった。

翌朝、信人は遅刻した。

「週明け早々、立派だな。そろそろ気分もだらけてきたか」

関川係長が、眼鏡の奥の小さな目を細めながら言った。同じ課に配属されている同期の連中や先輩社員の視線が、いっせいに自分の背中に注がれている気がして、信人は耳まで赤くなりながら俯いていた。

「取りあえず、理由を聞こうか。うん？」

「カラスが――」

「カラス？　カラスが、どうした」

「――毎朝、うちのベランダに来て、カアカアって鳴いて――それで、いつも二度寝になるもんで――」

言うか言い終わらないうちだった。「馬鹿野郎っ！」という、破《わ》れ鐘《がね》のような声が鼓膜を刺激した。

「カラスが遅刻の理由になるかっ！」

関川係長の怒鳴り声は、オフィスの空気を凍り付かせる程に大きかった。信人は思わず肩をすくめ、身を縮ませるようにしながら、その怒鳴り声を浴びた。ちらりと視線を動かせば、係長の向こうの席にいる課長が、これ以上ないと思われるほどの冷ややかな無表情でこちらを見ている。

目の前が真っ暗になる思いだった。ああ、怒鳴られた。それも、同期の連中の中で最初に。これで課長からも目をつけられることになってしまったと思うと、泣きたいくらいだ。昨晩、あんなに大声で連発していた「馬鹿野郎」が、まとめて跳ね返ってきた気分だった。

「まあ、悪く思うな。ちょっと厳しすぎたかも知れないがな、他の連中も、ちょうどだらけ始めてきてた時だったんで、いわば、見せしめになってもらった」

だがその日、仕事が終わると信人は係長に誘われ、サラリーマンで埋め尽くされている居酒屋で、そう言われた。乾杯の仕草をしながら、関川係長は「そう落ち込むなよ」と続けた。

「この時期は、誰だって眠いんだ。陽気はいいし、ちょうど緊張が解けてきて、気分がだらける時期だし。だけど入社早々、あんまりリラックスされるのも困るんでね」

「僕は、別に――」

口の中でもごもごと言おうとするのを係長は手で制し、言い訳だけはするものではないと言った。

「電車が止まってたとしたって、時と場合によっては、言い訳は通用しない。例えば、大切なクライアントに会いに行くとき、どんな理由があっても、約束の時間に遅れることは許されんだろう」

「――」

「毎年のことだが、君らは言い訳が多すぎるんだな。まあ、俺だって昔はそうだったかも知れないんだがね。それにしても、カラスが鳴いたからっていう言い訳は、俺も初めて聞いたよ」

「――でも、本当なんです」

太股《ふともも》の上で握り拳を作っていた信人は、切ない気持ちで、上目遣いに上司を見た。三十そこそこというところだろうか、関川係長という人は、噂ではバツイチだということだったが、仕事の出来る切れ者という評判だった。

「毎朝、鳴くのか。いつから」

「先週から、なんですが」

それから信人は、係長に聞かれるままに、自分の住まいの説明をした。会社から三十分で帰れる場所にある十二階建てのワンルームマンションの最上階で、見晴らしが良く、間取りは狭いが、結構暮らしやすい、などということだ。

「十二階か。ちょうど、通り道にしたんだろうな。朝早く、決まってどっかの餌場《えさば》に行ってるんだろう」

「そうなんでしょうか。じゃあ、これからも毎朝、来るのかな」

思わずため息が出た。関川係長は、意外な程に親身な表情になって、気の毒そうに可能性はあるだろうと言った。

「とにかく、そう毎朝なかれたんじゃ、確かにたまらないな。だからって、引っ越すわけにはいかないんだろう？」

「そりゃあ、春に引っ越してきたばかりですから」

「じゃあ、そのカラスを、何とかしなきゃならないんだな」

「でも、俺は、あ、私は、カラスが嫌いで」

「そんなこと、言ってる場合じゃないだろう。カラスごときに寝不足にされて、それで仕事に支障を来《きた》すようじゃ困るじゃないか」

係長は、少しの間、考える顔をしていたが、とにかくカラス避《よ》けの対策を練るしかないだろうと言った。

「鳩避けの、目玉みたいな柄《がら》のボールがあるだろう。あれを下げてみたり、手すりに止まれないようにしたり、それから――カラスが驚くような何か、音とか、動くものとか、そんなものを仕掛けるしかないだろうな」

係長の提案に、信人はなるほど、なるほどと、何度も大きく頷いた。やがて、自分の内に、実に久しぶりに闘志にも似た感覚が湧き起こってくるのが感じられた。そうだった。手をこまねいているだけでは、何の解決にもなりはしない。

「いくら知恵があるっていったって、人間の方が賢いに決まってるんだ。方法なんか、いくらでもあるはずだ」

「そうですよね。カラスごときに馬鹿にされたんじゃ、たまらないっすよね」

つい、嬉しくなって言うと、関川係長は苦笑混じりに「まあ、頑張れや」と言いながら、信人のグラスにビールを満たしてくれた。今朝、怒鳴りつけられたときには心の底から呪いたくなった相手に、信人は好感を抱き始めていた。仕事は面白くなくても、この人といられるのなら、もう少し会社を辞めずにいようと思った。

3

　信人とカラスの戦いが始まった。取りあえずは買い物に行っている時間がないから、係長に言われた通りに巨大な目玉マークを厚紙に描いて吊《つる》すところからやってみた。だが、効果はまるでなく、翌朝も四時五十分に、信人はカアカアに起こされた。仕方なく、昼休みを利用して大急ぎで目玉のボールを買いに行き、今度はそれをぶら下げてみた。すると翌朝は、目覚まし時計が鳴るまで一度も目覚めずに眠ることが出来た。

「目玉のボール、効果がありました」

　出社するなり、信人は喜んで関川係長に報告した。係長は、「そいつは、よかった」と目を細めてくれた。ところが、翌朝には、再びカアカアが信人を起こした。

　——畜生。何でだよ。

　信人は頭を抱えて起きあがり、窓のカーテンを思い切り開いた。真っ黒いカラスは、こちらの気配に気付かないはずがないのに、知らん顔でベランダの手すりにとまっている。

「この野郎、ふざけやがって」

　信人は小声で呟くと、窓の鍵を開けた。本当に窓を開けてしまって、その途端に飛びかかられたらどうしようかと思ったが、がたん、という音が響いただけで、カラスは大きな羽音をたてて飛び去っていった。その姿は、信人が想像していたよりもずっと大きく、また雄大に見えるものだった。

灰色の空に向かって、ゆうゆうと飛んでいく黒いカラスは、その全身で信人を嘲《あざけ》っているように見えた。そして、また他の場所からカアカアという声が聞こえてくる。

――なきたいのは、こっちだ。

結局その週は、毎朝四時五十分に起こされる日が続いてしまった。信人は、毎朝のことなのだから、好い加減に慣れてしまおうかとも思い始めていた。以前、大学の一、二年の頃に住んでいたアパートは、救急病院の傍だった。毎日何回、何十回となく救急車のサイレンが鳴り響いて、これはたまらないと思ったものだが、三日もしないうちに耳がサイレンの音だけ聞かないようになった。意識しなければ、まるで気付きもしなくなったのだ。

――諦めりゃ、いいんだよな。要するに。

つい数日前、係長に励まされたときには、新たな闘志が湧いてきたことを半ば心地良く感じたものだが、考えてみればカラスごときに闘志を燃やすこと自体、馬鹿馬鹿しいことなのだ。いっそ諦めて、耳を慣らしてしまう方が得策のような気がする。既にカラスの姿の見えなくなった夜明けの空を眺め回し、信人はその朝、強い風に吹かれながら自分に言い聞かせていた。

だが、いつまでたっても信人の耳はカラスの声に敏感に反応し続けた。雨の日も風の日も、信人は毎朝四時五十分に目を覚ました。実際、すぐ耳元であの不気味な声が寝込みを襲うのだから、慣れろという方が無理だった。こうなったら、やはり何らかの方法を考えるしかない。信人は再び決心した。目玉ボールなど、何の効果ももたらさないことは分かり切っている。次には、あの手すりにとまれないような工夫をするより他はなさそうだ。

あれこれと考えた挙げ句、ゴミの集積場などに置かれているカラス避けのネットを手すりにかけてみたが、これは、まったく何の効果ももたらさなかった。動くものがあれば相手も驚くかと思って、モビールのようなものを作ってみたり、洗濯物を干してみたりもしたが、やはり駄目だった。信人の頭の中はカラスのことでいっぱいになった。

「どうだい、カラスは」

時折、関川係長が聞いてくる。その都度、信人は「しぶといヤツで」などと答えた。やがて、信人が毎朝カラスに悩まされているという話は課内に広がって、酒の席でも昼食時でも、時には会議の合間にすら、「どうだい、カラスは」と聞かれるようになった。信人は幾度となく同じ説明をしなければならず、その都度、似たようなアドバイスを受けた。

「あいつらは、仲間とコミュニケーションをはかってるからな。下手に駆逐すると、復讐されるよ」

人の気も知らないで、誰もが「大変だな」と言いながら、いかにも愉快そうな顔をする。中でも、いちばん面白がっているのが尾形だった。

「おまえさあ、カラスカラスって言ってるけど、本当は黒いカラスじゃ、ないんじゃないの？」

仕事の合間に、先輩はキャスターつきの椅子に腰掛けたまま、床を滑って信人に近付いてくる。カラスは黒に決まってるではないかと言おうとすると、彼はいかにも意味ありげな笑みを浮かべて、「なきかたもカアカアじゃ、なかったりして」と続けた。

「そんな、目の下に隈なんか作ってさ。おまえみたいなヤツに限って隅に置けなかったりするんだよな」

「隅に置けないって――」

「まあ、そこまで毎朝迫られたら、本望《ほんもう》か。ああ、カラスってことは、やっぱり下着が黒ばっかりなのか？　それとも、地黒か」

そこまで聞いて、ようやく合点がいった。信人は憮然としながら「やめてください」と答えるのが精一杯だった。実をいえば、未だに千紗との傷が癒えていない信人に、女の子を連れ込むような心の余裕も、第一、その相手もいるはずがないではないか。

信人はカラスに「尾形」と名付けた。

――余計なことばっかり喋りやがって。

既に六月も末になっていた。晴れの日は三日と続かず、その日によって夜明けの時間さえ違って感じられるのに、それでも信人は、毎朝きっちり四時五十分に起こされる。

「尾形」は、目覚まし時計以上に正確だった。相も変わらずベランダに来て、カアカアと鳴いている「尾形」を睨み付けながら、信人の中には新たな憎しみが広がり始めていた。

消極的な対策では駄目だ、こういう相手は、もっと積極的に攻撃しなければ負けてしまう。

――そう、攻撃するんだ。撃退するんだ。

もしも、「尾形」の声がもっと軽やかで美しければ、信人だってここまで考えはしないと思う。むしろ、「尾形」が来るのを毎朝の楽しみにさえしただろう。いや、せめて声さえしなければ、毎朝同じ時間に来るだけならば、何の害にもなりはしない。

――鳴かない方法。鳴けなくなる方法。

そんなものが思いつくはずがなかった。結局は、「尾形」そのものを撃退するより他にない。

「好い加減に、覚えろよ、タコ！」

つい、会社でぼんやりしていると、すぐに尾形が近付いてきて、頭を小突いたり、耳を引っ張ったりする。

「そうそういつまでも、カラスの言い訳が通用すると思うなよ。おまえのはな、寝不足でも何でもなくて、ただの天然ボケ！」

そんなことまで言われるに至って、信人の中にはますます憎悪が燃え上がった。そして、「尾形」と名付けたあのカラスをいたぶる様を想像しては、尾形本人に復讐している気分になった。

ある晩、社員食堂から持ち出した割り箸を使って、信人はゴム鉄砲を作った。小学生の頃に作って遊んだ、輪ゴムを飛ばす簡単なピストルのようなものだ。

——待ってろよ、尾形。明日は、これでビシッといってやる。

昔を思い出しながら、信人は黙々と割り箸を切り、組み合わせて、単純な仕掛けのゴム鉄砲を作った。開け放った窓からは、初夏の心地良い夜風が吹き込み、時折、遥かな地上から車のクラクションやパトカーのサイレンの音が響いてくる。都会のど真ん中だというのに、この街は、ことに夜は本当に静かだった。

これからの季節は、窓を開けて眠りたいのだ。地上十二階には、蚊も飛んでこないらしく、今のところは姿も見かけない。夜風に吹かれて、ゆっくりと眠ることが出来たら、そんな幸せはないと思う。

カアカア、カアカア。

翌朝、その声を聞いた途端、信人は弾かれたように起きあがった。躊躇《ちゆうちよ》なく昨夜のうちに作り上げたゴム鉄砲と、これも会社から持ち帰ってきた輪ゴムに手を伸ばし、そっとカーテンを開ける。「尾形」は、当たり前のようにベランダの手すりにとまって、辺りを見回していた。

——見てろよ。

そろそろと窓を開けると、信人はゴム鉄砲に輪ゴムを引っかけて、わずかな隙間から狙いを定めた。一応はピストルのような形に出来上がっているゴム鉄砲の、グリップを握ると、強く引っ張られていた輪ゴムは勢い良く飛び出し、目にもとまらぬ早さで、見事に「尾形」の胸の辺りに命中した。その途端、「尾形」は羽音を残してベランダから飛び去った。

「――やったぜ」

あまりにも呆気ない幕切れだった。これまで何日も悩まされたことが嘘のようだった。信人は、どこか下の方から聞こえてくるカラスの声を聞きながら、その日初めて、早朝の空気を胸一杯に吸い込んだ。これでもう、「尾形」に悩まされることはないと思うと、名残惜しささえ、感じるくらいだった。

4

だが、信人の考えは甘かった。翌朝もやはり、信人はカアカアで起こされたのだ。

――畜生。人を馬鹿にしやがって。

輪ゴム攻撃をすれば、「尾形」は飛び去っていく。だが、毎朝起こされることには違いがなかった。朝の気配は、もうすっかり夏の匂いを含んでいる。学生の頃、子どもの頃の、夏休みの早朝を思い出して、信人は切なさで胸がいっぱいになった。

——勘弁してくれよ、マジで。

地上十二階のベランダには、夏草が茂るはずもなく、朝露も下りはしない。ヒグラシの声もしなければ潮風も吹かず、蚊取り線香の匂いさえ、遥か記憶の彼方だ。こうして自分は確実に、毎年少しずつ不幸になっているのではないだろうか。失うものばかりで、得ていくものといえば年齢と責任だけなのではないだろうか。そう思うと、やり切れなかった。

「お宅のカラスちゃん、元気かい」

会社では人間の尾形が、相変わらず皮肉っぽい表情でそんなことを言ってくる。その度に信人は苛立ち、カラスの「尾形」に対する憎悪を深めた。唯一、信頼できる相手のはずの関川係長も、最近ではカラスの話に飽きたらしく、信人が「カラスが」と口を開くと、わずかに呆れたような、うんざりした顔をするようになった。

「もう、しょうがないだろう。耳栓でもして寝たら、どうだ」

「そんなことしたら、目覚まし時計も聞こえなくなりますよ。このままじゃ、俺、あ、私、睡眠不足で倒れるか、ノイローゼになります」

「そんな弱い精神力で、どうするんだよ。仕事に集中して、疲れ果てて眠れば、カラスなんかに起こされやしないって」

係長の台詞はいかにも無情なものだった。つまり、信人が仕事に集中していないから、体力を消耗しきっていないから、カラスごときに睡眠を邪魔されるのだと言っているのだ。

——こんなことが査定に響いたら。

夏のボーナスについては、新入社員は査定対象とはなっていなかったから、小遣い程度が支給されたに過ぎなかったが、冬のボーナスからはきっちりと査定される。エアコンも、スーツも買いたいのに、車だって買いたいと思っているのに、このままでは査定は最低になりそうだった。

「まあな、おまえみたいなヤツも必要なんだよ。他のヤツの心のオアシスになるからね」

尾形が、楽しそうに笑う。それを聞いて、野暮ったい制服姿の女子社員までがくすくすと笑った。万年寝不足状態の信人は、とにかく反応がとんちんかんで鈍いというレッテルを貼られてしまっていた。

——畜生、俺を本気にさせやがって。

人間かカラスか、どちらの「尾形」に言っているのか分からなかった。もはや仏心《ほとけごころ》は捨てるべきだった。傷つけては可哀相だと思うから、輪ゴムでとどめておいたのに、それを嘲笑《あざわら》うかのように毎朝やってくる「尾形」になぞ、情けは無用に違いなかった。

輪ゴム攻撃に次いで信人が選んだのは、パチンコだった。玩具店で、少年時代に遊んだようなY字型のグリップに、強力なゴムのついている原始的な狩猟の道具を買い求めると、信人はこれもまた会社から持ち帰ってきた消しゴムを適当な大きさに切って、翌朝に備えた。

何も知らない「尾形」は、翌朝もきっちり四時五十分にやってきて、自慢の喉を聞かせた。その日、信人はカアカアが聞こえる前から目覚め、ほとんどハイな気分になりながら、パチンコを握りしめて、その声が聞こえるのを待ちかまえていた。

——今度は、痛いぞ。知らないからな。

左手でしっかりとグリップを握り、右手で強力ゴムにひっかけた消しゴムを強く引く。狙いを定め、呼吸を止めて、ぱっと右手を放すと小さな消しゴムは弾丸のように飛び出した。だが、「尾形」はびくりともせずに、相変わらず手すりにとまって周囲を見回している。信人はゲームでもしている感覚で、次々に消しゴムを飛ばした。

二発目も、三発目も、消しゴムは当たらなかった。こんなことならば、もっと用意しておくんだったと思ったときだった。信人の構えたパチンコから飛び出した真っ白い消しゴムが、「尾形」の顔を捉えた。あっと思ったとき、「尾形」はベランダから姿を消していた。飛び立ったのではない、見えなくなったのだ。

——落ちたか？

慌てて素足のままでベランダに飛び出し、身を乗り出してみる。当たり所が良すぎて即死してしまったのだろうか、それとも脳しんとうでも起こしたかと思ったが、模型のように見える地上に、黒い点のように見えるはずの「尾形」の姿はなかった。信人は人知れずため息をついた。殺しはしなかったはずだ。だが、今度という今度は、かなりの痛手を負ったに違いない。

――これに懲りて、もう、ここへは来ないことだな。

どこにいるか分からない「尾形」に向かって、信人は呟いた。まさしく勝利者の余裕を味わっている気分だった。

翌朝、「尾形」は来なかった。信人は、まだ油断は禁物だと自分に言い聞かせた。だがその翌朝も、さらに次の日も、信人は目覚まし時計が鳴るまで、ぐっすりと眠ることが出来た。これは本物かも知れない。「尾形」は負けたのだ。餌場に行くつもりだったのかどうか知らないが、ルートを変えたのに違いない。

七月に入り、南から梅雨明けの便りが届くようになった。毎日ゆっくりと眠ることを許されるようになった信人は、自分でも目に見えて生気を取り戻してきた。田舎の母から、お盆休みには帰省するのかという電話が入り、学生時代の友人がキャンプに行かないかと連絡を寄越す頃、信人はもうすっかりカラスのことを忘れていた。仕事も少しずつ面白くなり、営業に配属されたことについての誇りのようなものも芽生え始めていた。

ある朝のことだった。いつものようにマンションを出て駅に向かった信人は、妙な気配に立ち止まった。ふと見上げると、頭上高く数羽のカラスが飛び交っている。

――あの中に「尾形」がいるのかな。

ふと、そんなことを思った。少しは痛い思いをしたのかも知れないが、別段餌場を奪ったというわけでもない。きっと今頃は、どこか他のマンションのベランダにとまっているのだろう。そんなことを考えながら、十分ほどの道のりを歩く。

カアカア。

頭上から、あの不気味な声が聞こえてきた。見上げると、まだカラスが飛び交っている。今度は、何だか嫌な気がした。朝っぱらから黒い固まりを見ると、不吉な感じさえしてしまう。それに、随分長い間、頭上を飛んでいる気がするのだ。

——見張られてる？

ふと、そう思った。だが、信人はそんな考えを一蹴した。冗談ではない。カラスごときに、見張られてなるものかと思った。

だが翌朝も、その翌朝も、カラスは信人の頭上を舞い続けた。同じ時刻にマンションを出ると、駅に向かう人の中に見慣れた後ろ姿を見つけることがある。そんな人が、気味悪そうに夏空を見上げるとき、信人はますます嫌な気分になった。

「気をつけた方が、いいぜ。カラスって仲間意識が強いんだ。それ、復讐のチャンスを狙ってるんじゃねえのか」

ある週末、会社の帰りに学生時代の仲間に会うと、信人はそんなことを言われた。

「あいつら、連携プレーは得意だし、強いしな。赤ん坊が襲われたりしたら、大変なことになるって、俺、聞いたことあるもんな」

「そうそう、小学生の黄色い帽子ばかり狙って、襲いかかってくるカラスの話ってのも、聞いたことがあるな」

「光り物が好きだから、女の人のブローチとか、そんなものを狙うこともあるんだと」

だが信人は、彼らの話を聞き流すことにした。信人はマンションの中から「尾形」を狙ったのだ。たとえ「尾形」が致命傷を負って、義憤に駆られた仲間が復讐の機会を狙ったとしても、彼らには信人の顔など分かるはずがないではないか。ベランダに復讐に来るのならともかく、歩いている頭上を舞っているだけなのだから、復讐にも何も、なりはしない。

「いくらカラスだって、そこまで利口じゃねえだろう」

「分かんねえぞ、頭の上にクソしてやろうと思ってんのかも知んねえよ」

「あ、よせよ。汚ねえなあ」

結局は笑い話に過ぎない。その日、信人は珍しくうまい酒を飲んだ。やはり、仲間と飲むに限る。会うごとに、少しずつ自分たちの会社のカラーに染まり、個性を変え始めている友人たちでも、懐かしさと気易さは、変わることがなかった。

何軒か梯子《はしご》した後でカラオケボックスに行き、好きな歌を歌って過ごすうち、気が付くと電車もない時間になっていた。

「構いやしねえって、どうせ明日は土曜日だ」

たまには心おきなく遊びたいというのは、信人一人の考えではないようだった。結局、全員で夜が明けるまで歌い続けて、電車が動く時間になってから、信人たちはそれぞれの家路につくことになった。

駅を降りると朝日が射し始めていた。普段はその朝日に向かうように駅に向かう道を、その日、信人は寝不足の頭を抱え、よれよれになったスーツ姿で、朝日を背に受けて歩いた。疲れていたし、声も涸れていたが、気分は爽快だった。

——そうだよな。たまには遊ばなきゃ、駄目になっちまう。

後から後からあくびが出る。今日は夕方まで眠ろうと思いながら、信人は目を潤ませたまま歩いた。またあくびが出て、思わず俯いた時だった。足元のアスファルトに、ふわりと黒い影が見えた。

あっと思ったときには、頭と首筋に鋭い痛みを感じていた。思わずその場にうずくまり、信人は何が何だか分からないままに、ただ、バサバサという音に包まれるのを感じた。無言の鋭い刺激が全身至る所を貫こうとする。信人は、歩道の上を転げ回りながら、ほとんど本能的に自分の頭を庇《かば》おうとしていた。その二の腕に、何かが摑まる感触がある。頭のてっぺんにも、何かがとまっている。額を、何かぬるぬるする感触のものが伝っていく。生臭い臭いが鼻腔に広がった。

どこかで「キャアッ」という女の悲鳴が聞こえた。続いて犬の吠える声、誰かの足音。

「ちょっと、あなた！　逃げて、逃げて！」

だが、どうすれば立ち上がれるのかも分からなかった。両腕で頭を庇いながら、アスファルトの上を転げ回り、やっとの思いで目を開けようとすると、目の前で黒い色が踊り狂っているように見えた。バサバサという音が、全身を包み込んでいた。

5

「目をやられなかっただけ、良かったじゃないか」

　学生時代の仲間が、手にしたビールグラスを戻しながら、いかにも気の毒そうに言った。あの日、始発が動くまで、一緒にカラオケを楽しんだ仲間の一人だ。信人は答える気にもなれなくて、黙ってため息をついただけだった。開け放った窓からは、真夏とも思えないひんやりとした風が吹き込んでくる。ベランダには目映《まばゆ》い陽射しが溢れていた。既に八月に入った週末だった。

　カラスに襲われた日、病院にかつぎ込まれたまま、信人は三日間入院までしなければならなかった。傷の数が多く、爪を立てられたお陰で縫合しなければならない部分や、肉のえぐれている部分まであったから、歩くのでさえままならなかったのだ。

「こうしてると、いい部屋なのになあ」

　再びビールを飲みながら、友人は信人の部屋を見回す。

「生活するのには、最高だ。涼しいし、家賃の割には広いし、通勤は楽だし、コンビニも近い」

「その上、カラスのおまけつきとは、思わなかったよな」

　友人の言葉に、信人は深々とため息をつきながら頷いた。まだ、身体の至る所にはあの時の傷が残っている。もう痛みはないが、特に深くえぐられた二の腕やふくらはぎなどは、肉が盛り上がってくるまでに、まだ相当な時間がかかりそうだった。

あの朝、信人を襲ったカラスは四羽だったそうだ。気が付いた時には、病院のベッドの上で、全身至る所にガーゼを当てられ、包帯を巻かれていた信人は、カラスに襲われたときの状況を、病院の医師と、事情を聞きに来た警察官から教わった。犬の散歩をして通りかかった主婦が救急車を呼んでくれ、さらに犬が吠えかからなかったら、もっと大怪我になっていたか、または目をえぐられていたかも知れないと聞いて、信人は泣き出したいほどの恐怖に駆られた。心当たりはあるかと聞かれたとき、「まさか」と答えるのが精一杯だった。

「そりゃ、相手がカラスじゃあ、心当たりも何もあったもんじゃないだろうけど」

信人と大して年齢の違わないと思われる警察官は、人の好さそうな顔で頷いた。そして、カラスは仲間意識が強く、これまでにも子どもが一羽のカラスをいじめて、仲間に仕返しされたなどという事故は、何度か聞いていると言った。信人は、「そんなもんですか」と答えながら、「尾形」を思い出していた。あいつは、やはり死んだのだろうか。そして、仲間が弔《とむら》い合戦にやってきたというわけか。

――勘弁してくれよ。

自分が何をしたというのだ、権利を守ろうとしただけではないか、それなのに、仲間で復讐にくるなんて、あんまりだ。あの日、着ていたスーツやワイシャツは、無惨なほどに穴があき、裂け、ワイシャツは血で染まっていた。それを見ただけで、バサバサという羽音が思い出され、信人は震えそうになった。

「カラスごときにやられて、引っ越すなんて出来ないもんなあ」

友人もため息混じりに呟く。それは信人も考えたことなのだ。確かに、カラスが嫌で引っ越すなんて、馬鹿げている。第一、引っ越すだけの金がなかった。親に泣きつくわけにもいかず、カードは限度額一杯に借りていて、しかもサラ金にだけは手を出すなと親からきつく言い渡されている信人に、最低でも家賃の六カ月分はかかるはずの引っ越し費用など、捻出する余裕のあるはずがない。

病院から戻った翌日、信人はほとんど眠れずに朝を待ったものだ。だが、カラスは現れなかった。それでも安心は出来なかった。いっそのこと、それを理由に会社を辞めようかとも思ったくらいだ。

——立派な理由に、なるじゃないか。

だが、会社を辞めるくらいならば、引っ越した方がまだましだと気付くのに、そう時間はかからなかった。その金がないから、困っているのだ。

再び出社し始めた日、恐怖と緊張の極みにいた信人は、駅までの道すがら、数え切れないくらいに頭上を見上げ、その都度、スズメ一羽見あたらないことを確認して歩かなければならなかった。

「それで、あれ以来もう来ないんだろう?」

「――そうでも、ないらしいんだ」

互いのグラスにビールを注《つ》ぎ足しながら、信人はちらりと友人を見た。ベランダを見てみろと言うと、身軽に立ち上がった友人は窓に近付き、それから「げっ」というような声を出した。

「何だ、ありゃ」

「フンだよ。カラスの」

早朝は起こされなくなったが、カラスは確実に来ている。ある日、ベランダに糞が残っているのを発見して、信人は殴られたような衝撃を覚えた。カラスは来ているのだ。鳴かないだけ、頭上を飛ばないだけで、ちゃんと信人を見張っている。友人は心底気の毒そうな、薄気味の悪そうな顔になった。

「気に入られたもんだな」

「――」

「どうするんだよ」

「どうするっていったって――」

「皆殺ししか、なかったりして」

そこで彼は声を出して笑った。そして、「殺すっていえばさ」と、最近、新宿で起こった殺人事件の話を始めた。彼の就職した会社は新宿にある。新宿では、殺人事件は珍しくないのだと彼は言った。

「そんなにか？　ニュースでやらないじゃないか」

「ヤクザが絡んでる場合は、大してニュースにならないらしいんだな」

　友人は、新宿という街の、これまで気付かなかった顔を話し始めた。学生の頃、呑気に遊び回っていた界隈も、もう一歩踏み込めば、まるで違う表情を見せ始めるのだという話を、信人は感心しながら聞いた。

「とにかく、手に入らないものは、何一つない街だっていうからな。普通の高校生が拳銃を持ってるって話だし、人の生命だって簡単に手に入るってことなんじゃねえの」

「高校生が、拳銃？　マジかよ」

「道ばたで、買えるんだと」

「誰から」

「売人が、いるらしい。そいつが、それこそシンナーからトルエンからシャブから、何でも扱ってるんだって」

　信人は目を丸くして友人の話を聞いていた。とにかく売人さえ見つけ出せば、あとは簡単なのだということだ。

「どうやって売人を捜せばいいんだろう。前に新宿で、テレカを売りつけに来た外国人がいたけど、あんな奴らかな」

「いや、普通の日本人にもいるってさ。見る人が見れば分かるらしいけど。西口の辺りで夜中までブラブラしてる、遊び人風の奴らなんか、怪しいっていうけどなあ。俺、帰りが遅くなったときなんか、たまに見かけるぜ。あれがそうかなっていうのも、確かにいる」

「拳銃なんて、いくらくらいで買えるんだろう」

「モノによるんじゃねえのかな。だけど、昔に比べたら、ずっと安くなってるってさ。五万か十万も出せば、買えるんじゃねえかな」

「本物が？　五万か十万でか？」

「中にはさ、ヤクザから足洗おうと思って、自分の拳銃を売りたがるヤツとかも、いるんだってさ。そんなヤツは、結構たたき売りに近いこと、するんじゃないかな。それに、中国製のトカレフなんか、二万だかで買えるって話、あったじゃないか」

それから話題はヤクザのことになり、ヤクザに惚れる女のことになり、女のタイプのことになった。

——皆殺ししか、なかったりして。

物騒な台詞だと思う。だが、一羽を痛めつけたところで、まとめて復讐に来られるのなら、確かに皆殺ししか、ないような気もした。

姿を見せないからこそ、ますます不気味なのだ。だが、カラスは確実に信人を見張っている。あのベランダから、黒い影のように、黙って様子を窺っているに違いない。毎日を、あの真っ黒い連中に見張られて過ごし、この部屋にいても、外出するときも、いつもびくびくしていなければならないなんて、もうごめんだった。引っ越しにかかる費用、会社を辞めるリスク、そして皆殺し――三つのうちのどれを選ぶかと言われれば、答えは明らかだ。

――相手はカラスじゃないか。殺したって、どうってことはない。

確かに奴らを殺すには、拳銃でも使うしかないだろう。何しろ、相手には翼がある。下手にボーガンなどを使えば、いつか、身体に矢の刺さったカモやネコが騒ぎになったときのようなことになりかねない。そんなことになったら、真っ先に疑われるに決まっている。何しろ、信人がカラスに迷惑し、カラスを憎んでいるということは、あまりにも多くの人が知っている。

酒がすすむにつれて陽気になり、げらげらと笑いながら色々な話をする友人に調子を合わせながら、信人の頭の中では、まったく違う考えがまとまり始めていた。

翌日の日曜日、信人は日が暮れてから新宿に出かけてみた。どこをどう歩けば売人という連中に会えるのか、まるで見当がつかなかったが、とにかく昨日、友人が言っていたのを思い出して、西口の辺りをぶらぶらしてみることにした。けれど、歌舞伎町を抱えている東口方面に比べて、都庁や高層ビルの林立する西口方面は、ずっと清潔そうな感じがする。こんな辺りで、覚醒剤やトルエンなどを売り歩く人間がいるものだろうかと思うと、自分がいかにも馬鹿げたことをしている気がしてきた。

――俺って、馬鹿なのかな。

カラスなんかを相手にムキになって、奴らの為に、拳銃まで買おうとするなんて。拳銃を買うということは、つまり、犯罪に手を染めるということだ。そんなことが誰かに知れれば、信人は、あのマンションどころか仕事も何もかもを失うだろう。

冷静になって考えれば、それぐらいのことは十分に分かっていた。ただでさえ金がないというときに、五万や十万も出す価値が、どこにあるのかとも思う。その一方で、カラスに襲われた時の恐怖も根強く残っていた。たった三日間だけだったが、病院のベッドに横たわっていたときの心細さ、腹立たしさも忘れられない。せっかく忘れていたのに、あの時ほど千紗を思い出し、恋しく思い、そして、恨めしいと思ったこともなかった。すべてはカラスのせいだった。

——やるか、やられるかなんだ。

それでも、この人混みの中から売人を捜すのは、あまりにも無謀かも知れない。もう少し情報を集める必要があるだろうかと考えながら、ぶらぶらと駅に戻り始めたときだった。駅前の車道で、車の間をひょいひょいと身軽に走り回る子どもが目についた。だぶだぶのジーパンをはいて、赤い髪をした女の子だ。何気なく目で追っていると、彼女は中央分離帯に植えられた街路樹の枝にかけられている、小さな袋を取りにいっている。

——あんな子どもが遊び回る時間か？

赤い髪の少女は、再び車の間をすり抜けると、歩道に戻って仲間らしい男にその袋を渡している。すると、男は足元に置いてあった段ボール箱の中から何かを取り出し、少女の渡した袋に入れた。少女は、しばらくは身体をくねらせて男と喋っていたが、くるりと振り返ると、再び袋を提《さ》げてひょいひょいと走り、中央分離帯に戻った。ちょうどその辺りに差し掛かった一台の車が、ゆっくりとスピードを落としたところだった。窓を開けて、白いTシャツにサングラス姿の男が少女の方に手を出す。その瞬間、少女は、袋に入っていた何かをすっと運転者に渡した。夜更けの雑踏の中の、ほんの小さな一こまに過ぎないのに、その一部始終を眺めていた信人は、自分の心臓が小さく跳ねるのを感じた。

――あんな子どもが。まさか。

信人は慌てて自分の立っている位置を変え、人目に付かないところから、その少女を観察することにした。今、その少女は歩道側に戻り、仲間らしい若者たちと身体を揺すって踊るような真似をしている。くわえ煙草で、大げさな身振りで、彼女は楽しそうだった。

やがて、別の車がやってきた。少女は踊るような仕草で再び車道を突っ切り、中央分離帯で、さっきと同じように運転者と何かを交換した。三十分ほどして、また別の車。さらに十分ほどして、新たな車。その都度、少女とその仲間は、交代で車に近付き、何かを渡している。目を凝らすうち、信人はそれが茶色い小瓶であることを確かめた。栄養ドリンクのような大きさの小瓶を渡しているのだ。

――トルエンか。

もう、信人は彼らから目を離すことが出来なかった。見てはならないものを見た思いと、ドラマのワンシーンを目の当たりにしているような興奮とで、時間がたつのも忘れていた。

6

翌晩、信人はレンタカーを借りて、再び新宿を訪れた。甲州街道を左折して新宿の西口に差し掛かる頃には、ハンドルを握る手は汗ばみ、心臓が固い石のように感じられた。信人はサングラスを取り出し、何度も唾《つば》を飲み下しながら車を走らせた。

――いた！

京王百貨店の前を通過し、徐々にスピードを落として目を凝らすと、昨晩見かけた少女たちが、今日も仲間とたむろしているのが見えた。車線を中央分離帯寄りにとり、さりげなく辺りを見回してみる。街路樹のあちこちに、目立たないような袋が下がっている。信人は信号のかなり手前でブレーキを踏み込み、窓を開けた。

こちらの車に気付いたらしい若い男が、さっと近付いてきた。

「――あれ、あるかな」

「何本」

「あ――いくら」

相手の顔を見る勇気もないままに、かすれかかった声で呟く。間髪を入れず「一本二千五百円。二本単位」という答えが返ってきた。

「あ、じゃあ、二本」

信人は慌ててコンソールボックスから財布を取り出した。相手の陽に焼けた手が、苛立っているのか何かの調子を取っているように、目の前でぽんぽんとリズムを取っている。

「出しときなよ。ぼやぼやしてたら、お互いヤバいんだからさ」

再び男の声が頭上から降ってきた。まだ少年の名残をとどめているような声。信人は「ごめん」と言いながら、急いで五千円札を取り出した。リズムを取る手のひらに載せると、その手は素早く札を握り、もう片方の手がにゅっと伸びてくる。その手には、茶色い小瓶が二本握られていた。「毎度」という声がしたかと思うと、人影はさっと離れていった。信人も慌ててアクセルを踏んだ。

――やった。買った。

首筋から頰にかけて、鳥肌がたっている。それなのに、額には汗が浮いていた。奇妙な達成感と興奮が湧いてきて、アクセルを踏む足さえも微かに震えた。

それから信人は、週に一、二度の割合で新宿に出向いた。その度にレンタカーを借りていたのでは、出費がかさんで大変だと思っていたら、ちょうど友人の一人が車を貸してくれることになった。

早く帰宅できた平日、急いで着替えてから夜更けの新宿へ行くとき、信人は自分が二つの顔を持っているような気分になった。あらかじめ五千円札を用意して、西口へさしかかると、周囲を見回し、制服警官などが見えないことを確認した上で、中央分離帯に寄ってスピードを落とす。

「二本」

「五千円」

二度、三度と繰り返すうちに、会話も最小限で済むようになった。最初は相手の顔を見る余裕もなかったが、何度目かからは、はっきりと顔を見ることも出来るようになった。二十歳そこそこの、何となく投げやりな目つきをした男だった。信人の家には、蓋《ふた》さえ開けていないトルエンの小瓶が貯まっていった。

あんなに待ち焦がれていた夏の休暇を、信人は、故郷へも帰らず、旅行もせずに過ごした。信人の全身には、まだ至る所に傷跡が残っていて、とてもではないが、こんな状態を母親に見せるわけにはいかなかったし、旅行に使うはずだった金はもう別の使い道が決まっているのだ。

深夜までテレビを見て、日中も部屋で過ごす日々には、新たな発見があった。やはり、カラスが来ているのだ。普段ならば信人が家を出た後の午前八時半過ぎと夕方の六時四十分に、決まって信人の部屋のベランダでひとときを過ごす。おそらく、餌場からの帰りか、巣に戻るときなのだろう。「尾形」とは違うが、彼らは同じリズムで規則正しく行動し、そして、決まってカアカアと鳴いた。その声をガラス越しに聞いたとき、信人の中には新たな炎が燃え上がった。

――我が物顔しやがって。人が留守だって分かってて、そういうことをするんだな。テレビのニュースで、成田空港や東京駅の混雑ぶりなどを眺めながら、信人はカラスのことばかり考えて過ごした。本屋に行って、拳銃に関する本を買い込み、彼らに向けて拳銃を構える日のことを夢想した。

「休みは、どうだった。カラスちゃんと、楽しく過ごしたかい」

お盆休みが明けると、尾形がさっそく近付いてきて言った。カラスに襲われて入院までして以来、女にたとえることこそなくなったものの、まったくしつこい男だった。

「淋しいもんスよ。カラスにも相手にされませんでしたからね」

馬鹿の一つ覚えに、まともな返事などしていられるか。信人は、わざと肩をすくめて、苦笑いしながら答えてやった。すると先輩は、少しばかり意外そうな表情で、「そりゃ、気の毒だな」と離れていってしまった。もっと突っ込んだ嫌がらせを受けるのではないかと身構えていた信人は、拍子抜けして先輩の後ろ姿を見送った。

「岩淵クンが大人になったから、からかい甲斐がなくなったのよ」

コーヒーを持ってきてくれた先輩女子社員が、くすくすと笑いながら横目で尾形を眺めて、そっと囁いた。

「前の岩淵クンだったら、ムキになって『そんなんじゃ、ないです』とか、言ったじゃない？　その反応が面白かったのよ」

そんなものだろうか。だとすると、社会人の精神構造というものも、案外幼稚で、下らないではないかと思いながら、そういえば、この女子社員にしろ、以前はコーヒーなど淹《い》れてはくれなかったことに気付いた。

「岩淵クン、最初は頼りないと思ったけど、飄々《ひょうひょう》としたその感じがいいって、皆、言ってるわ。覚えは悪いけど、一度覚えたことは忘れないみたいだし、ね」

少しばかり意味ありげな笑顔で、信人のようなタイプはダークホースなのかも知れないなどと囁かれて、信人は不思議な気分になった。だが、休み明けにしては、さほど辛いとも感じないことは確かだ。いつの間にか、オフィスの居心地が良くなっている。それは、信人の方が変わってきたせいかも知れない。

——つまり、完璧なサラリーマンになりつつあるのかな。

何だか淋しい気がする。だが、嬉しさもあった。こうして会社の中で自分の居場所を確保して、あとは確実に階段を上っていけば良いのなら、それはそれで素晴らしいことなのだ。何しろ、こうなるために、信人のこれまでの人生はあったのだから。

——認めるべき、守るべきなんだ。

トルエンがちょうど十本たまった時、信人はすっかり顔見知りになった感のある売人に、拳銃は手に入るかと切り出してみた。売人は、わずかに眉を動かし、少しばかりもったいをつけた表情で、入らないこともない、と言った。

「どんなのが、欲しいんだい」

「──どんなんでも、いいんだ」

「待てるんなら、安い出物を探してやるよ」

「いや──待てない」

「じゃあ、いくらなら出せる」

「それは──安い方が、ありがたい」

売人の男は、くちゃくちゃとガムを嚙んでいた。こちらの懐具合を探るような目つきで、「チャカか」と呟く。

「遠くから撃とうと思うんなら、それなりのブツじゃないとな。遊びでいいんなら、ちっこいのでも、いいんだろうけど」

「あ──遊びみたいな、ものなんだ。試しに撃ってみたいっていうか」

出来るだけ声を押し殺し、こちらの動揺を悟られないように言ったつもりだったが、売人はニヤニヤと笑って「遊びね」と言った。

「護身用でよかったら、ちょうど手頃なのがあるんじゃないかな」

「ああ、それで、それでいい」

何しろ、相手はカラスだ。そんな遠くから撃つわけでもないし、むしろ小さな拳銃の方が、音も小さくて済むだろう。

「三日後、また来なよ。その時に、決めておくから」

それだけ言うと、男は「今日は」と言った。もういらないと言いたかったが、信人はやはり「二本」と答えた。

熱気が貼り付くような暑い夜が続いていた。当初の予定では、ベランダの窓を開け放って、心地良い夜風に吹かれて眠るつもりだったのに、カラスが入ってくるかも知れないと思うとそんなことも出来ない。寝苦しい夜、何度も寝返りを打ちながら、信人はカラスを標的に拳銃を構える自分を想像していた。

「入るぜ。来週の木曜」

約束通り三日後に新宿に行くと、売人は周囲を見回しながら、そっと囁いた。

「十五万。もちろん現金で」

思わず「十五万？」と聞き返すと、売人はにやりと笑って、「安いもんだろう」と言った。相場が分からない信人にしてみれば、高いとも安いとも判断がつかない。足元を見られている気もしたが、値切るなど思いの外《ほか》だった。

「ワケアリの代物じゃねえみたいだから、そうヤバくはないけどな。弾は十八発ついてる」

「――どういうヤツ」

「俺も、よくは知らねえんだ。大丈夫、マエがないってことは保証するよ。どうする、十五万。話、まとめるかい」

実を言えば、七、八万か、高くても十万程度と予想していた信人には、その金額はかなりの痛手だった。だが、ここまで来て引き下がるわけにもいかない。結局、信人は相手の言い値で、正体不明の拳銃を買う約束を取り付けた。

「現金で十五万を東口の地下にあるコインロッカーに入れるんだ。その鍵を、俺に渡す。時間は今頃でいい。それから三十分したら、もう一度ここに来る。それまでに、俺の仲間が金を確認するから、ちゃんと確かめられたら、今度は俺があんたに別のコインロッカーの鍵を渡す。中に、あんたへのプレゼントが入ってる」

随分、手の込んだ話に思えた。それだけの苦労をして、金をだまし取られるのではたまらない。思わず「大丈夫か」と言うと、売人はわずかに目を細めて頷いた。その顔をじっと見つめて、信人もゆっくりと頷いた。

「決まり。今日は、何本」

「今日は、いいよ」

「あ、そ。じゃ、来週」

いよいよ、来週だ。来週には、本物の拳銃が手元に届くと思うと、恐怖心よりも興奮の方が先に立った。信人は鼻歌を歌いながら深夜の道路を走った。ついでに、少し遠出でもしようかと思ったが、こんな時にスピード違反か何かで捕まったら、それこそ出鼻をくじかれると思い直して、おとなしく帰宅することにした。

――この世の中の誰が、俺みたいなヤツが拳銃を持ってるなんて思うだろうか。

この自分が、あの真っ黒い標的に拳銃を構える日がやってくる。その想像は、生まれて初めてのぞくぞくするような興奮をもたらした。

「本当、最近の岩淵は、陽気になったよな」

会社では関川係長が、そんなことを言うようになった。

「こうしてみると、やっぱりカラスのことは、かなりの重荷になってたんだろうな。入社早々だったし」

「――寝不足が、こたえてましたから。私は本当に、寝不足に弱いもので」

信人は穏やかに笑いながら答えた。自分が変わったとは思っていない。皆が好意的に見てくれる程に、このところの信人が溌剌《はつらつ》としているとしたら、それは、カラスと拳銃のお陰に他ならなかった。

いつしか九月に入っていた。こんな季節に、スーツにネクタイで過ごさなければならない苦痛が、再び信人に「会社なんか辞めようか」という気持ちを起こさせようとする。だが、それでも信人は毎朝毎晩、満員電車に揺られ続けた。今は、カラスをしとめることだけが、心の支えになっている気分だった。

7

生まれて初めて手にした拳銃は、思ったよりもずっと小さくてちゃちな代物だった。詳しくは分からないが、刻印からコルトだということは分かる。売人に言われた通りの段取りを守って、コインロッカーと売人のところを往復した信人は、最後に、小さな紙袋に入れられた包みを発見した。大急ぎで家に帰り、そっと開けてみると、中から出てきたのは、間違いなく拳銃だった。

──説明書は、ないのか。

ただの紙袋に、かなり素っ気なく入っていたコルトを片手に持ったまま、紙袋の中を確かめてみたが、十八発の小さな弾以外には、何も見あたらない。随分不親切な話じゃないか、いや、デパートで買った商品ではないのだから当然か、などと思いながら、改めて、その拳銃を眺めてみる。小さい割に、確かにずしりとした重みがあって、冷たく滑らかに手のひらに馴染む感覚などは、それなりの味わいがあると思う。微かに鼻腔を刺激するのは、ミシン油のような匂いだった。

──これで、皆殺しだ。

扱い方は、モデルガンと同じはずだと考えて、グリップの下の方についているマガジンキャッチボタンを押すと、下から弾倉が飛び出してきた。信人は一発ずつ弾を込め始めた。いくら少年時代に玩具のピストルで遊んだとはいえ、ここまで躊躇《ためら》いなく拳銃を扱えるなんて、まるで初めての行為なのに、こんなにスムーズに出来るのが不思議なくらいだ。

──人間は、道具を使える生き物だってことを、思い知らせてやる。

弾を込め終えると、信人は改めて拳銃を構えてみた。右手で拳銃を握り、左手でその腕を支えるポーズは、映画かテレビで覚えたものだ。だが、夢にまで見ていた姿に比べると、あまりにも陳腐な気がしてくる。何しろ小さな拳銃だ。本当に弾が出るのか、こんなもので、本当に奴らを倒せるのだろうかと、信人は今更のように不安になってきた。第一、ずぶの素人、まるで初心者の自分に、奴らをしとめられるかどうかが、問題ではないか。

この段階まで来てようやく、信人は射撃の練習が必要なことに思いが至った。だが、外で練習するわけにはいかない。練習するとしたら、この部屋の中だ。一体全体、どれくらいの破壊力があるものか分からないが、とにかく壁に向かって撃つわけにはいかないのだから、まず標的を作らなければならなかった。

「標的、標的、と」

いつの間にか口に出して言いながら、信人は狭い室内をうろついた。だが、適当なものが見あたらない。

「何が、いいんだ？　標的になるものって」

まさか、的を書いた紙だけを吊すわけにはいかないし、ビールの缶というわけにもいかないだろう。大体、テレビや雑誌で拳銃の破壊力を紹介するような場面では、弾は厚い板か、人体を描いた紙か、または、瓶、缶、それから、大きな粘土の塊《かたまり》のようなものに撃ち込まれていたような気がする。

「そうだよ。粘土だ」

小学生が工作で使うような粘土など、持っているはずがない。信人は急いでコンビニエンス・ストアーを覗きにいった。だが、さすがのコンビニにも、粘土はなかった。

結局その夜は、使えるかどうかも分からないコルトを枕の下に入れて、信人は眠りについた。明日は粘土を買って帰ろう、そして、たっぷりと腕を磨くのだと考えると、遠足の前日のように心が躍った。

ところが翌日から急に仕事が忙しくなってしまった。昼間は社内を駆け回り、取引先を往復し、会議の資料を作らされる。夜は夜で、係長や課長に声をかけられ、尾形ならいざ知らず、そんな上司の誘いを断ることも出来なくて、結局は午前様の日が続いてしまった。その上、週末は上司の引越しを手伝わされ、日曜は日曜で他の用事が入り、また一週間が始まって、ようやく粘土を買うことが出来たのは、次の週末のことだった。

——結局、土日以外は何も出来ないんだ。

それが、サラリーマンというものだった。何をするにも切れ切れになり、いっぺんに集中できない、それが、社会人の余暇というものだと、信人は改めて実感していた。

やっと迎えた翌週の土曜日、信人はいくつもの粘土を重ね合わせて、かなり大きくて厚みのある塊を作った。さらに、紙に何重もの◎を描いて、その粘土に貼り付ける。これで標的の出来上がりだった。室内からベランダのカラスを狙うとすれば、距離は少なくとも一・五メートル、いや、二メートルにはなるだろう。この部屋で暮らすようになってからというもの、隣近所の物音を聞いたことがない。つまり、信人の部屋の音も、外部には漏れにくいということになる。こんな小さな拳銃の銃声など、人に聞かれるはずがないと思った。

安全装置を外して、遊底《ゆうてい》をスライドさせる。撃鉄が倒され、かちゃっという小気味の良い音がして、確かに弾が込められた感触が伝わってきた。標的を貼り付けた粘土の塊から一、二メートル離れて立つと、信人は、息を殺して拳銃を構えた。照門《しょうもん》と照星《しょうせい》とが重なって見えるように目線を合わせ、片目を閉じて、標的の中心を狙う。半月形の引き金に指をかける。

——さん、に、い
ち、と呟く前に、ぱん、という乾いた音がした。その瞬間、予想もしなかった反動が、人指し指と親指の間を刺激し、同時に、かちん、という嫌な音がした。

「——すげえ」

案外、一人前ではないか。第一、何とも言えない火薬の匂いが漂ってくる。信人は、一瞬呆然となって、その場に立ちつくした。手のひらがじんじんと痺れている。指のまたは赤くなっていた。玩具では、音だけは派手に響いても、こんな反動は味わえない。

粘土の塊には、確かに小さな穴が空いていたが、それは標的からは随分ずれていた。これは案外難しいな、銃身が短い分、弾が曲がり易いのだろうかと考えながら、穴の奥を探ってみると、弾がめり込んでいる。護身用というだけあって、大した破壊力はなさそうだと考えているうち、ふと、銃声に続いて聞こえたかちんという音は何だったのだろうかと思った。

改めて音のした方を見回すと、随分離れた床の上に、小さな金属の筒が見つかった。薬莢《やっきょう》が飛び出していたのだ。信人は「へえっ」と感心しながら、薬莢をつまみ上げた。信人がいじったことのあるモデルガンは、当然のことながら弾も発射されなかったし、オートマチックのタイプだったが、自分でスライドを引かない限り、薬莢も飛び出さなかった。弾を撃っておいて言うのもおかしいが、さすがに本物だと思った。

それにしても、たった一発撃っただけだが、こんなに難しいものだとは思わなかった。弾は、標的の中心から、ゆうに十センチはずれているのだ。こんなことではカラスは撃てない。第一、相手は動くのだ。

信人は改めて拳銃を構えた。息を止めて、落ち着いて、引き金を引く。ぱん。今度は、前よりもずれていた。

――これっぽっちの距離じゃないかよ。

もしかして、不良品を摑まされたのだろうかと思う。だが、相手に不服など言えるはずもなかった。気を取り直して、もう一発。さらに、もう一発。まるで、玩具のピストルで遊んでいる感覚で、瞬く間に六発を撃ってしまった。

――こんな調子じゃ、弾がなくなっちまう。

弾倉が空になったところで、散らばっている薬莢を拾い集めながら、信人はため息混じりに考えた。まさか、弾の補充が欲しいなんて言うことも出来ないし、十五万という金額だって、自分としてはかなり無理をしたのだ。そうそう無駄遣いは出来ない。だが、相手を確実にしとめるのでなければ、また復讐の材料を作るだけだ。

――せめて一羽だけでも撃ち殺して、それを見せしめに、吊しておけばいいかな。

だが、そんな考えはすぐに打ち消さなければならなかった。吊したカラスからは血が滴《したた》るだろう、そのうち腐ってもくるに違いない。そんなものをベランダから吊すことなど、出来るはずがなかった。

残った弾は、十二発。信人を襲ったカラスは四羽だったという。それだけのカラスを退治すれば、たとえ他の仲間がいたとしても、相手には相当なダメージを与えることになるはずだ。復讐心を持っている程に知恵が発達しているのなら、これは、手出しをしない方が良いということも学ぶだろう。

予備も考えて、六発は残しておこうと決めて、信人は再び弾倉に弾を込めた。だが、一晩のうちに撃ち尽くしてしまうのは、あまりにもったいない気もして、その晩の練習はおしまいにした。

週が明けると、また忙しい日々が始まった。

「岩淵クンて、趣味は何?」

ある日、社員食堂で昼食をかき込んでいるとき、ふいに隣の課の女の子が近付いてきた。前々から、ちょっと可愛いと思っていた、宮本あき恵だ。歳は信人の方が上だが、相手は短大卒だったから、彼女の方が先輩になる。

「ドライブなんか、好きだけど。あと――」

口ごもりながら答えると、あき恵は「あと？」と先を促す。ほんのりと花のような香りがして、目の前で彼女のさらさらの髪が揺れた。

「――最近、射撃なんか、やってみようかと思って」

「へえ、射撃って。クレーか何か？」

信人は、半ばどぎまぎしながら、そこまで具体的には考えていないのだと答えた。彼女は、黒目がちの瞳を大きく開いて、珍しい生き物でも見るような表情をしていたが、意外なことに、その唇から「素敵ね」という言葉が出た。

「――そんなことも、ないけど。第一、まだ考えてるだけだから」

「ねえ、いつから始めるの？」

そして彼女は、迷惑でなければ、自分も一緒に始めてみたいと言った。

「ゴルフとかテニスとかって、皆がやってるでしょう？　クレーなんて、何だか格好良くて素敵だもん。ねえ、いい？」

信人は、わずかに赤面するのを感じながら、もちろん、と頷いた。そして、まずは資料を集めてみようと請け合った。彼女は、「約束ね」と言い置いて、さっと離れていった。後に残った花の香りを味わいながら、信人は胸が高鳴るのを感じていた。

――趣味は射撃、か。

苦し紛れに言った言葉が、こんなに受けるとは思わなかった。何かに背を押されている気がする。時が流れているのだ。もはや学生でもなく、何も知らない新人でもなく、過去の恋愛を引きずっている場合でもなくなってきている。こんな時に、カラスのことばかり考えていては、遅れをとる。これは、早いところ決着をつける必要があった。

次の休日も、粘土を相手に射撃の練習をした。一週間も間があいたから、大して上達しているはずがないと思ったが、今回は六発中三発が、標的のほぼ中心に当たった。これなら大丈夫だ、絶対にしとめられると、信人は確信した。

あとは、いつを実行の日と決めるかだ。出来ることなら早い方が良いが、窓を開けて拳銃を撃つとなると、たとえ小さな銃声でも、誰かに聞かれないとは言い切れない。マンションの一室に暮らす若い男が、カラスを狙って実弾を撃ったなどということが世間に知れたら、とんでもないことになるだろう。

救急車が通った瞬間、クラクションの響いたとき、そんな偶然を、ただ待っているわけにはいかない。早朝から雷が鳴ることも期待できないし、右翼の街宣車が通ることも滅多にない。実際、どんなときを選べば良いのか、そこまで考えて、信人は頭を抱えてしまった。

――ひょっとすると、やっぱり俺って、馬鹿なのかな。

高い金を払って、手間暇をかけて拳銃まで手に入れて、いったい何をしようとしているのだろうか。その日、ベッドに入ってからも、信人は悶々《もんもん》とし続けた。とにかく、誰にも見つからずにカラスを撃ち殺すタイミングを考え出さなければ、どうにもなりそうになかった。

翌日の日曜日、信人は拳銃を手にしなかった。無駄に弾を減らしたくなかったし、何だか妙に馬鹿げたことをしている気にもなりつつあったからだ。友だちと連絡をとりあい、休日の街をぶらつく自分は、どこから見ても普通の、健全な若者に違いないと思う。普通が一番、平和が一番と思いながら、自宅に拳銃を隠し持っているなんて、あまりにも不健康な気がした。でも、カラスは何とかしたい。どうやって、タイミングをはかれば良いのだと、信人の考えは堂々巡りを続けるばかりだった。

結局、その日は何も出来ないまま終わってしまった。ベッドに入ってからも、信人は寝付かれないまま考え続けた。たとえば明日にでも泥棒が入ったら、または、同じマンション内で何かの事件でも起きて警察が踏み込んでくるようなことになったら、その段階でもう、一巻の終わりだ。そんなことを考えると、急に不安が膨らんできて、胸が苦しくなってくる。

——どうすりゃいいんだ。

考えれば考えるほど、追いつめられた気分になっていく。

カアカア、カアカア。

ふいにあの声がして、信人は自分が眠っていたことに気付いた。薄い明かりの中で目を凝らす。息をひそめて、窓の外に神経を集中させた。少し間をおいて、また、カアカアという声がした。

——四時五十分だ。

まさかと思いながらベッドから這《は》い出し、ベランダに近付いてみる。そっとカーテンを開くと、手すりに一羽のカラスがとまっていた。きょろきょろと首を回して、時折、カアカアとなく。次第にはっきりしてきた頭が、撃つのなら今だろうかと考え始めたときだった。カラスが、くるりと横を向いた。信人は凍り付いたように、そのカラスを見つめた。

カラスは、片目がつぶれていた。

――「尾形」だ。

片目のカラスは、置物のように動かなくなった。まるで、つぶれた目を信人に見せつけているかのようだった。信人は息を呑み、アルミサッシに手をついたまま、「尾形」を見つめ続けていた。胸の奥が鋭く疼《うず》く。同時に、奇妙な安心感が湧いてきた。よかった。「尾形」は生きていてくれたのだと思うと、不思議なほどに嬉しかった。

カアカア、カアカア。

どこからか、別のカラスの声がした。すると、「尾形」もカアカアと返す。今度は他の方向から、カアカアが聞こえてきた。彼らは、確かにコミュニケーションを取っていた。

「――勘弁してくれよ。また、寝不足にさせる気かよ」

口に出して呟きながらも、奇妙に嬉しかった。そして、その時になって初めて、信人は自分がとんでもないことを計画していたことに気付いた。復讐云々《うんぬん》の問題ではない、あんな飛び道具で狙う相手は、やはり一つの生命だということを、すっかり忘れていた。

しばらく眺めていると、やがて、「尾形」はふわりと宙に舞った。片目で飛ぶのは随分不自由だろう、どこかにぶつかりはしないだろうかと心配になったが、「尾形」は真っ黒い翼を広げて、悠々と飛び去っていった。

——またな。

まさか、自分がこんな思いにとらわれるとは思ってもみなかった。だが、「尾形」が生きていたという発見は、意外なほどに信人の心を熱くしていた。まいったな、頑張っていやがると、無条件に嬉しくなったのだ。自分はいったい何をしようとしていたのだろう。拳銃で撃ち殺そう、皆殺しにしようなんて、何て馬鹿げた発想だったのだろうかと思った。最悪の場合は、人生の全てを棒に振らなければならないような危険まで冒して、下手に撃ち損じたら、また「尾形」が増えるだけではないか。

まるで、憑《つ》き物《もの》が落ちた気分だった。

——問題は、あれをどうするか、だ。

こうなったら、あのチビのコルトを、一刻も早く始末してしまいたかった。毎日眺めるうちに、それなりに愛着めいたものは湧いてきていたが、あんな物騒なものを持ち続けるわけにはいかない。あれこれ考えた挙げ句、信人はあの拳銃を返すことにした。さっと行って、さっと返してきてしまおう。金を返せと言わなければ、彼らだって嫌な顔はしないだろう。いや、そんな暇など与えないようにすれば良い。

信人は、再びベッドに潜り込み、片目の「尾形」のことを思った。飛び去ったときの姿は、敵ながら天晴《あっぱ》れと言いたい程だった。久しぶりに姿を現したということは、カラスはカラスで、何かを考えてのことかも知れない。どういうメッセージを届けたつもりなのかは分からないが、とにかく新しい何かが始まりつつあるような気がする。

——俺も、何か新しいこと、考えるか。

とにかく、今日にでもあの小さな拳銃を返しに行こう。その前に、クレー射撃のことについて、少し調べる時間が作れれば良いがと思いながら、信人は寝坊しないようにテレビのスイッチを入れた。今日は、十時から会議がある。会社に着いたら、まずその資料を揃えなければならなかった。そして、午後からは係長と一緒に取引先に行くのだ。今日という今日こそ、名前を覚えてもらわなければならない。信人は再びまどろみの世界に溶け込んでいった。

塵<ruby>ちり</ruby>箒<ruby>ぼうき</ruby>

1

男は痩せて顔色が悪く、顎から下が特に貧相に見えた。さっきから一度もきちんと閉じられたことのない、黒紫に近い唇は、ひび割れ、皮がむけていて、その周囲には剃り忘れたような髭がこびりついている。

「じゃあ、これが鍵だからね。はい、渡しますよ。なくさないでね」

カウンターの上を滑らせた手には、金の指輪と成金趣味の金張りの腕時計。ワイシャツのカフスにも、やはり金のカフスボタンが光っていた。

「とにかく、火の始末にだけは気を付けてほしいんだよね。何しろ、お宅ぐらいの人が嫌がられるっていうのはさ、その辺が一番心配だからなんでね」

ちっぽけな鍵を受け取りながら、森井勲《いさお》は、ゆっくりと頷いた。

「それに、あんまり危ないもの、持ち込まないようにしてよ、ね」

「——危ないもの？」

「油とか、そういう類のさ」

男の言葉の意味が呑み込めずに、勲はまじまじと目の前の男を見つめた。見るからに小悪党という雰囲気だと思う。前科《まえ》があるとは思わないが、胡散臭さが全身からぷんぷんと匂い立っている。金だけを追い求めて、人を金だけで判断してきているような顔だ。

「ええと、森井さん、だっけか。絵かなんか、描いてるんじゃないの。油絵とかだったらさ、結構、色んな油、使うんでしょうが」

そこまで聞いて、ようやく合点がいった。男は勲の外見から、そんなふうに想像したのだろう。人を見る目には自信があるのだと言いたそうな雰囲気が、男の表情から感じられる。こういう男の、人を見る目など、そんな程度のものだろう。

「あれ、儲かりゃしないんでしょう？　趣味としては、いいみたいだけど、それで食ってこうなんてことになると、大変なんじゃないの」

勲は曖昧に笑いながら、ただ頷いていた。

「まあ、あそこは大家さんは物わかりのいい人だしね、風呂屋も近いし、何しろ今時この家賃だもん、いいところ見つけたよね」

「はあ」

「本当なら、この時期は大変なんだよ。春先っていうのは、人が一番移動する時期だからさ、もう、いいところから、どんどん決まってっちゃうから」

「そうですか」

「お宅、運がよかったよ。ちょうどね、前に住んでた人が、急に出てったから、ひょっこり空いたわけだけど」

「前に住んでいた人というのは」

特別な興味があるわけではなかった。当然のことながら、こんな男との会話だって早く打ち切りたい。だが、この歳になって、生まれて初めて民間の安アパートに住むのだ。いくらなりふり構わぬ状態で、家賃の安さに惹《ひ》かれたとはいえ、前の住人のことぐらい、知っていても良いのではないかと思った。

「若いね、女の人だったけど。今時、ああいうアパートに住むような雰囲気じゃないようなさ、女子大生っていうのは無理でも、まあ、普通のＯＬみたいな感じかな」

「何を、してた人なんですか」

「さぁなあ、あたしが担当したわけじゃないから、よくは覚えてないけどさ、何かワケアリなんじゃないのかね」

男は、そう言いながら色の悪い唇をべろりとなめた。勲は小さく会釈をして席を立ち、駅前の不動産屋を後にした。

渡されたばかりの鍵を握りしめて、人混みの中を、ゆっくりと歩く。世の中は春真っ盛りだった。いかにも新生活をスタートしたばかりらしい若者たちが、浮かれた調子で弾むように歩いていく。奇妙な服装をして、日本人かどうか分からない髪の色をして、男だか女だかも分からない連中が、ひょろひょろとした手足を大きく振りながら、漂うように勲を追い越す。揺れる髪をかき上げる娘、重そうなブリーフケースを提げて、携帯電話に話しかける男、スーパーの袋を提げて、夢中で何か喋りあっている女たち。肩で風を切って、人混みを蹴散らすように歩くスーツの女。

誰もが目的を持って歩いている。行く場所を持ち、会う相手を持ち、こなすべき用事を持っている。

——俺が持ってるのは、この鍵だけか。

陽射しはあくまでも目映かった。ありとあらゆるものが、生の喜びに満ち溢れて見えた。その中を、勲は漂うように歩いた。別に急ぐことなど、何もない。

人混みの中をこちらに向かって歩いてくる二人連れの制服警官が目に付いた。背筋を伸ばし、大股でゆっくりと歩いている彼らは、忠実に職務をこなしているらしい生真面目そうな表情で、帽子の下の目を絶えず左右に動かしていた。勲は、ふと話しかけてみたい衝動に駆られた。気がつくと、躊躇《ためら》う間もなく近付いてきた彼らに、「ああ、ちょっと」と声をかけていた。

「どうしました」

警官の一人が立ち止まってこちらを見た。

「何か、ありましたか」

三十前後の、度の強い眼鏡をかけた巡査長だった。勲は、自分よりもわずかに視線の高い警察官をちらりと見て、急いで目を伏せた。

「いやね、何でもない」

すると、今度はもう一人の、二十代半ばに見える警察官が一歩前に出てきた。

「用がないのに人を呼び止めるか？」

ずいぶんと居丈高《いたけだか》なものの言い方をするものだ。勲はしげしげと相手を見つめた。こちらの方は、勲よりもやや小柄で、角張った顎に比べて首の細い巡査だ。奇妙に赤い、薄い唇を引き締めて、彼は真っ直ぐにこちらを見ている。

「おじさん、この辺の人かね」

「ああ、いや」

「道に迷ったの？」

　今度は年長の巡査長が聞いてくる。それなりにコンビネーションは良いらしい。勲は黙ったまま首を左右に振り、そのまま歩きだそうとした。だが、若い方の警察官が「ちょっとちょっと」と声をかけてくる。

「おじさん、どこに行くの」

「——家だよ」

「家って、どこ？　住所は？」

　声をかけたことを後悔していた。何を血迷ったのだろう。天気の話でもするつもりだったのだろうか。馬鹿な。勲は小さくため息をつき、改めて若い警察官の顔を見つめた。

「たった今、契約してきたばかりだから、住所まで覚えていない。別に嘘をついてるわけでもなきゃ、惚《ぼ》けてるわけでもない」

「じゃあ、何で声をかけてきたわけ、うん？」

　巡査の目は、明らかにこちらに不審を抱いているように見えた。まったく、人を疑うのなら、相手をよく見てもらいたいものだ。

「おじさんさ、じゃあ、仕事は？」

「別に」

「住所も言えなくて、仕事もしてないわけ？　契約してきたって、どこの？　マンション？　アパートかな？　家族はいるの？」

手柄を焦っているのか、それともひたすら町の治安維持に努めているつもりなのだろうか。若い警察官から矢継ぎ早に聞かれて、それにしても、いかにも市民から嫌われるタイプのしつこい男だと思っているうちに、ふと気付いた。確かに、今の勲の姿からすれば、プー太郎に見えないこともないかも知れないのだ。何しろ、ポロシャツもズボンも、もう何日も替えていないし、羽織っているブルゾンは、たまたま荷物の中から出てきた皺《しわ》くちゃの品で、おまけに手ぶら、そして極めつけは、さっきの不動産屋も絵描きと勘違いした、この髪だ。

「たまたま、懐かしくて声をかけただけだ。僕も、君たちのOBなんでね」

二人の若い警察官は一瞬、信じられないというような表情になった。勲の中で、ある種自虐的な、寒々しい悦びが湧き起こってきた。そんなこと、何も口にするようなことでもないではないか。

――彼らがしつこいからじゃないか。だから、俺は自分の身を守るために言うだけのことだ。

疑わしげな目つきで、こちらを見ている警察官と向き合いながら、勲は大きく胸を反らし、息を吸い込んだ。そんな姿勢をとったって、今の自分はただの情けない親父に過ぎないということは分かっているのに、そうするより他に思いつくことがなかった。

「ここは、西署の管内だろう？　だったら、吉田さんはまだいるのかな」

今度は、若い後輩たちは目を大きく見開いて、互いに顔を見合わせている。せせらぎの中の小石のように、人の流れを小さく堰《せ》き止めている三人に、時折、行き過ぎる人が薄っぺらな興味半分の表情を向けた。

「吉田って、うちの副署長、吉田っていうけど——」

勲はゆっくり、大きく頷いた。

「まだ、いたか。だったら、吉田さんに聞いてみろ。森井って言えば、分かるだろうから」

そして、勲は歩き始めた。たった一度しか歩いたことのない新居への道を、ただゆっくりと歩いた。若い警察官の視線が、いつまでも背中に貼り付いている気がしてならず、つい首の後ろに手をやると、長い髪を束ねているゴムが指に触れた。そのゴムの先には、薄汚れた塵箒《ちりぼうき》のような、白髪混じりの髪が下がっているはずだった。

2

髪を伸ばそうと思いたったのは、今から三年ほど前のことだ。それまでの年月、ただの一度も考えなかったことだし、自分自身の好みからしても、長髪など好きなどころか、とんでもないとさえ思っていたのに、せっかく第二の人生を始めるのなら、まず形から入るのも悪くないと、ある日急に、そんな気になった。

「そろそろ床屋さん、いらしたら」

決心したのが少しばかり早すぎたせいか、一カ月ばかりは妻が何度かそう言ったが、こちらがいつまでも動かないので、それ以上は何も言わなくなった。髪を伸ばそうと決心した時から、気持ちの切り替えもついたらしく、勲は自分でも意外なほど精力的に、具体的な行動を起こし始めていた。つまり、定年後の人生へのスタートを切ったのだ。

本当ならば、半年か一年くらいはのんびりと過ごして、それから動けば良いだろうと思っていた。夫婦で旅行をするとか、妻の買い物に付き合ってやるとか、庭いじりで適当な汗をかき、夜は家でゆっくりと晩酌を楽しむとか、そういう日々を送るのも、決して悪くないと思った。今にして思えば、妻だってそれを期待していたと思う。少なくとも、先輩や元上司が持ってきてくれた再就職の話をすべて断った段階では、妻の方は、そういう勲の「余生」を信じていたかも知れない。

「あなたのことだから、すぐに退屈して、また仕事に出たくなると思うけど。上原さんもね、仕事の話はそれからでもいいって。大丈夫だからって、この間もお電話で」

妻は、労《いたわ》りに満ちた表情で、そんなことも言っていた。そして、しばらくの間は一日中顔を付き合わせることになるのだから、もう少し愛想良くして下さらないと、などと笑っていたものだ。

だが勲は、もうネクタイは締めたくないと決めていた。もちろん、生きている限りは現役で通したかったが、それは、再び何かの組織に組み込まれることではないように思った。もっと自然で、もっと自由な、そんな仕事はないものかと考え始めると、その思いはやがて抑えがたいものになっていった。

「なんですって？　お百姓さんになろうっていうんですか？　あなたが？」

すべての手続きを完了した段階で、勲は妻に自分の決心を告げた。密かに旅行のパンフレットなどを集め始めていたらしい彼女は、呆気にとられたように口をぽかんと開けていた。

「冗談でしょう？　いくら何だって、そんなの無理に決まってるじゃないの」

「無理かどうか、やってみなけりゃ分からんだろう」

「分からないことに、あなた、全財産を注ぎ込んだわけ？　素人が急に農業なんて、そんなこと、一人で出来るはずがないのに」

「一人じゃない。おまえと一緒にやるんだから」

「一緒に？　一緒にやろうと思う相手に、どうして一言の相談もなしに、そんな大切なことを決めてきちゃったんですかっ」

あの時、妻は大きく目を見開いたまま、唇を震わしていた。そして、次にはその口で、勲の身勝手をなじり始めた。

「そんな大切なことを勝手に決めて。どうかしてるわ。農業？　あなたが？　私たち二人だけで、何ができると思うんですか？　おまけに、このマンションまで手放すなんて、もしも失敗したら、その時はどうするつもりなの。退職金も何もかも注ぎ込んで、何もかもなくしたら、どうなっちゃうの」

勲は黙っていた。ずっと一つの組織に縛られてきた自分の気持ちなど、妻には分かるはずがないのだ。一人の息子と二人の娘は既に一人前になった。たとえすべてを失うことになったとしても、年金だけは入ってくるのだから、最低限の生活は保障される。それで良いではないかと思っていた。

勲が計画していたのは、園芸農園だった。たまたま読んだ雑誌に、そういう人の記事が出ていて、これだと思った。リストラで会社を辞めて、もう組織の歯車にはなりたくないと考え、夫婦でハーブ農園を始めたという人の記事は、実に興味深いものがあった。そして、小さな紫の花に囲まれて笑っている、その人の写真が目に焼き付いた。額にバンダナを巻き、若々しいTシャツを着ているその人は、実に充実した、良い表情をしていた。その隣で、ピンクのエプロン姿で笑っている女房という人も、若々しく見えたものだ。

「この人は、前々から庭いじりが好きだったって書いてあるじゃない。あなたみたいに、ベランダのプランターにだって満足に水をやってくれたことのない人に、同じことが出来るわけがないわよ」

雑誌を見せても、妻は、まるで取り合おうとはしなかった。やがて、既にそれぞれの家庭を構えている子どもたちまで集まってきて、大問題になった。

「お父さんの気持ちも分からないじゃないけど、それじゃあお袋が可哀相じゃないか」

「ちょっと横暴すぎると思うわ。それに、農業なんて、無理に決まってる」

子どもたちは全員が妻の味方だった。それでも勲は、自分の考えを曲げようとは思わなかった。

「これからの人生くらい、好きなようにさせてくれ」

それが、極めつけの言葉だった。やがて妻は、反対するのにも疲れた様子で、「あなたの気持ちは、変わらないんですね」と呟いた。

「それなら、私はついていくより他に、ないけど」

子どもたちは口を噤《つぐ》んだ。勲は、やはり黙っていた。礼を言う必要も、謝る理由もないと思った。何しろ、今度はそう時間があるわけではない。人生八十年とは言うものの、若い頃とは気力も体力も違う。残された時間は有効に使わなければならなかった。

髪は、少しずつ伸びていった。

「何か、雰囲気違いますよね」

その日が近付いてくると、若い部下が、少しばかり照れ臭そうな、奇妙な顔で言うことがあった。

「もうすっかり次のこと、考えてるんですね」

彼らの眼差しには少なからぬ羨望と、ある種の尊敬が見て取れた。いや、そういう表現が大げさならば、せめて憧憬《どうけい》というところか。少なくとも、まだ当分の間は現在の仕事を続けなければならない連中を尻目に、自分はこれまでとまったく異なる、生まれて初めての世界に飛び込んでいくのだという思いは、勲を希望で輝かせていただろうし、それくらいは、周囲にも伝わったに違いないと思う。

「それにしても、勿体《もつたい》なくなかったですか、再就職の口を断るなんて。よく、奥さんが反対しませんでしたね」

もう少し年齢の近い部下となると、勲の選択はより身近で切実に感じられるらしく、たまに仕事帰りに一杯やるときなど、まるで自分のことのように不安げな表情で、そんなことを言うことがあった。

「女房は、俺の好きなようにすればいいっていう考えさ」

勲は決まって穏やかな笑みをたたえ、そう答えたものだ。決心を告げて以来、もともと少なかった会話がさらに減ったことなどは、言う必要もないことだった。それに、妻は妻なりに覚悟を決めたらしいことは、家中の荷物が片付き始めているのでも分かっていた。妻には妻の自信があったのだ。勲には、自分が必要だと。お互いに最期まで添い遂げるものだと。

「宮仕えだけで一生が終わるなんて、淋しいじゃないか」

そして、勲は意気揚々と定年を迎えた。引っ越しの時には、子どもたちも、かつての部下たちも手伝いにきて、賑やかなものだった。最後のトラックを送り出して、玄関の鍵をかけるときには、妻はハンカチで目元を押さえていた。

3

握りしめていた鍵で開けた扉は、化粧合板を張り合わせただけの、いかにも粗末なものだった。安っぽいドアノブを手前に引くと、微かに何かの匂いが漂っている。悪臭でもなければ、芳香とも言えない、強いて表現するならば、この部屋で暮らしてきた人々の、様々な生活の積み重ねのような匂いだった。

——ここが、終《つい》の棲家《すみか》。

隅に小さな流し台のついている、六畳一間のアパートは、幸いなことに陽当たりだけは良いらしい。正面の、木枠にはまった磨《す》りガラスの窓は、春の陽を浴びてくすみながらも明るく見えた。小さな三和土《たたき》で靴を脱ぐと、勲は茶色い畳を踏み、部屋の中央に立った。

どこもかしこもくすんでいる。新しい主《あるじ》を迎えるというのに、畳も替えていないどころか、押入の襖も、窓の脇にたぐり寄せられているカーテンも、すべてがそのままだ。まあ、カーテンは残していってもらって助かったが、それでも、すっかり陽に焼けて白茶けたプリントのカーテンは、もうそれだけで貧しげに見えた。

勲は、その場で仰向けに寝転がった。古ぼけた天井から、四角い蛍光灯の笠が下がっている。そのコードにも綿埃《わたぼこり》がこびりついていた。これから毎日毎晩、この天井を見て過ごすのだ。首をそらすと、升目に仕切られた窓枠の向こうに、小さな四角い空が見えた。その時になって初めて、窓ガラスは上の一列だけが素通しになっていることに気がついた。

もう、これ以上に広い空など見られないのかも知れない。この三年近くの間、毎日のように見上げていた、果てしない青空など、二度と見られないのだろう。

「本当にいいの、こんな部屋で」

その日の夜、寝具と身の回りの荷物だけ運んできた息子は、部屋を見回すなり眉をひそめた。勲は、その視線をまともに受け止める気にもなれず、早速荷物を解き始めた。

「一人で暮らすんだから、これで十分だ」

この部屋に人の声が響くのは初めてだ。家具の一つもないせいか、息子の声は妙に大きく、四角い空間に響くように聞こえた。

「親父の荷物だけだって、全部なんか入らないだろう」

「最低限のものだけで、構わんさ。後は、悪いがおまえのところに置かせてくれ。どうしても邪魔なら、始末したってていいから」

息子は、黙ってしばらく勲の様子を眺めていたが、やがて部屋を出ていき、十分ほどして、今度は弁当や飲み物を提げて戻ってきた。卓袱台《ちゃぶだい》などないから、畳の上にじかに弁当を広げて、勲は息子と向かい合った。

「懐かしいな」

黒い容器に、いかにも行儀良く並べられた総菜や、申し訳程度に胡麻を散らされた飯を眺めながら、勲は呟いた。

「張り込みしてた頃のことを、思い出す」

息子は、黙って箸を動かしていた。私立の女子大で教鞭をとっている彼は、確か小学生の頃までは、自分も警察官になると言っていた。それが、いつの頃からか父親の仕事を嫌うようになり、まったく違う畑にすすんだ。だが勲は、彼に自分の後を継いで欲しいと思ったことなど一度もなかったし、現在は郊外に一戸建てを構えて、穏やかな生活を送っているらしい息子を、それなりに誇りに思っていた。

「張り込みなら、いつかは終わるだろうけど、今度はそうもいかないんだよ。これから、どうするの」

「――――」

「お袋だって、心配してる。口では何も言わないけど」

アルミ缶の日本茶に手を伸ばしながら、勲は「どうしてる」と呟いた。息子の顔を見たいとは思わなかった。何だか自分が急に萎《しぼ》んでいく気がする。息子の声ばかりが、何もない部屋に響くのだ。

「お袋？　よく眠れないとか、言ってるよ。腰の方は、だいぶ良くなったみたいだけど」

「妙子《たえこ》さんとは、うまくいってるか」

「今のところはね」

弁当を食い終えると、息子は残りの荷物は今度の休みに運んでくるからと言って立ち上がった。小さな三和土に脱いであった靴を履きながら、彼は思い出したように振り返った。いつの間にか、手には封筒を持っている。

「当座の資金。少しは買い揃えなきゃならないものも、あるだろうから」

「心配いらん。向こうを処分してきた分だって、あるんだから」

「じゃあ、引越祝いっていうことにしてよ」

勲は手を出さなかった。だが、息子は玄関脇の流し台の上にそれを置くと、何も言わずに帰っていった。勲は再び一人になった。

もう、何もすることがない。結局、すぐに布団を敷いて、横になることにした。電気を消して耳を澄ませていると、どこからともなく、微かな生活の音が響いてくる。かた、こと、と荷物を移動する音。外の道を、踵《かかと》を引きずって歩く足音。ジャアッ、という音に続いてカンカンと響くのは、何かの料理をしている音だろうか。

梢の揺れる音も、コノハズクの声もしない。これが、以前ならば当たり前だと思っていた都会の夜だ。一度でも離れてしまうと、その不自然さばかりが感じられる、べったりと黒いだけの夜だった。

勲自身は、今だってすべてを諦めたとは考えていない。確かに、妻からは世間知らずとなじられた。知識も体力も忍耐力も、それらを補うだけの財力も足りなかった。考えが甘かった、計画がずさんだった、あらゆる失敗の原因は、そこにある。見事な花を咲かせるよりも前に、まず地域社会に溶け込むことから考えなければいけないことなど、考えてもみなかった。だが、経験しなければ分からなかった。仕方がないのだ。

――もう、くたくた。

最後に聞いた妻の言葉は、それだった。慣れない環境で初めての仕事をして、彼女はすぐに身体の不調を訴えるようになった。眠れない、食欲がない、腰や膝が痛む、肩が凝る――そして、三度目の冬を迎える前に、一人で東京に戻ってしまった。以来、彼女は息子の家に身を寄せている。

――だが、俺は「くたくた」じゃ済まされん。これで人生が終わったわけじゃない。すべてを整理して、再び東京に舞い戻ってきたのは十日ほど前のことだ。以来、ずっとビジネスホテルに泊まっていたから、自分の布団で眠るのも、久しぶりのことだった。息子の嫁が気を遣ったのか、微かに太陽の匂いのする、暖かい布団だった。それでも勲は寝つかれなかった。数え切れないほどに寝返りを繰り返しながら、夜が更けるのを感じていた。

結局、ほとんど眠れないままに朝を迎えると、勲は早々に起き出してアパートを出た。路地を出て、一方通行にしては広々としている道を少し歩くと、コンビニエンス・ストアーの看板が見えてくる。恐らく、息子が昨夜利用した店だろうと見当をつけて、カラスが生ゴミを漁っているのを横目で見ながら、勲はコンビニに近付いていった。

小ぎれいな店内を歩き回るうち、最低限の掃除道具くらいは必要だろうということに気付いた。数個の握り飯とウーロン茶などと共に、雑巾や洗剤、ゴム手袋にゴミ袋を買い込んだ。

アパートに戻ると、畳んだ布団を部屋の隅に押しやって、まずは押入の掃除から始めることにした。小さな流しの下に置きっ放しになっていたバケツに水を張り、雑巾を堅く絞って、古ぼけた襖を開ける。その時になって初めて、一間幅の押入の、右下に押入箪笥《たんす》が置かれたままなのに気付いた。

――置いていったのは、バケツとカーテンだけじゃないのか。

それとも、前の住人も、その前の住人の残していった物を使っていたのだろうか。数日前に下見に来たときには、押入の中まで確かめなかったから、まるで気付かなかった。それは、三段の引出がついている、どこにでもある押入箪笥だった。

「助かるじゃないか、これだけでも」

勲は腰を屈めて、引出に手を伸ばした。押入の奥行きに合わせた引出は、ほぼ正方形に近く、途中に仕切の板が一枚渡っている。上の段と真ん中は、きれいに空っぽだった。だが、一番下の段は、仕切板の向こうのスペースが狭く見えた。

引出の材質によく似た色合いの桐の箱が置かれているのだった。勲は、その箱を取り上げて、畳の上に置いた。思ったよりも重みがあって、中で堅いものがごとりと動いた感触があった。

のぞいても良いものかどうか、ほんのわずかな逡巡《しゅんじゅん》があった。しかし、中を確かめないことには、どうすることも出来ない。羊羹《ようかん》の容器だったことを示す紙を貼られた、しっかりとした作りの蓋は、少しの抵抗の後で、きゅっと動いた。両手で蓋を持ち上げた勲は、その手を宙に浮かせたまま、箱の中に見入ってしまった。

〈少しの間、あずかってください〉

手書きのメモが入っている。女文字らしいそのメモを見つめ、勲はおずおずと箱に手を伸ばした。メモを手に取ると、その下には数枚のティッシュペーパーに包まれた、小さな黒い塊があった。指先で、そっとティッシュを開く。

拳銃だった。握りの部分に木のはめ込まれている、手のひらにすっぽりと入るくらいの小さな拳銃だ。箱の中には、さらに、チャックのついたビニール袋があった。中には、二センチに満たないほどの小さな銃弾がばらばらと入っている。

――羊羹の箱から拳銃とは。

勲は、ティッシュペーパーの上から、それを持ち上げた。小さな黒い塊は、程良い重さで、薄いティッシュペーパーを通しても、すぐに手のひらに馴染むのが感じられた。木をはめ込まれた握りの部分に、さらに丸いマークがはめ込まれている。

――コルトか。

いわゆる「ランパート・コルト・マーク」と言われるコルト社のマークは、前立ちになっている若駒が、口と前脚とでアメリカ先住民の槍を折っている図柄と言われている。アメリカの西部開拓時代と共に歩んできたコルトの歴史を思わせるマークとも言える。

勲は私服警官だった時代に、同じ刻印のある拳銃を携帯していたことがある。だが、その時は銃身は短いとはいえ、三十八口径のリボルバーだった。これは、二十二、いや、二十五口径だろうか。かなり小型の、護身用の銃だ。

勲は、ティッシュの上からグリップを握り、銃口をのぞいてみた。小さな黒い口がぽっかりと開いている。窓の傍に寄って、中を覗いてみると、細かい螺旋《らせん》の溝が走っていた。モデルガンの場合なら、いわゆる施条《しじょう》と呼ばれる螺旋の溝など切られていないか、あっても好い加減なものに違いない。第一、銃口はふさがれているものだ。

箱の中に銃を戻すと、思わずため息が洩れた。預かってくれだって？　いったい誰が、こんな物を残していったのだろう。拳銃を所持することは、明らかな犯罪行為だ。これが本物だとしたら、勲の前にこのアパートに住んでいた人物は罪を犯していたことになる。

何気なく辺りを見回して、コンビニで買ってきたばかりのゴム手袋に目を止めると、勲は今度はゴム手袋をはめて、改めて拳銃を手に取った。

「まさか今頃になって、こんなものを持つことになるとはな」

小さく呟きながら、改めて拳銃を眺め回し、グリップの左側に小さな丸いボタンを発見すると、勲はそのボタンを押した。グリップの下から弾倉が出てきた。中には、二センチにも満たないような小さな銃弾が並んでいた。

「五発、か」

今度は左手で遊底を手前にスライドさせる。カチャリと、機械らしい音がして、細く、短い銃身が姿を現し、同時に、右側の窓から既に充塡されている弾が一発見えた。限りなく本物に近い。ここで試しに撃ってみれば簡単だが、とにかく銃口を塞ぐような細工は施されておらず、しかも弾が込められているとなれば、それだけでも引き金を引けば弾が飛び出すのが道理だ。ましてや、これが改造銃だとすれば、撃った本人が傷つくことも十分に考えられる。

厄介な物を残していってくれたものだ。

勲は拳銃を箱に戻しかけ、思い直して両手でそれを構えてみた。こんな小さな拳銃を持ったことはないが、重さや感触からすると、やはり、かなり本物に近いという気がする。それに、この微かなミシン油の匂い。昔、自分の銃の手入れをするときにも、ミシン油を使ったものだ。

撃鉄の上部にある照門と、銃口に近い照星とが組み合わさって見えるように視線を合わせ、引き金に指をかける。さらに懐かしさがこみ上げてきた。外勤時代に持っていたニューナンブのことや、内勤の時に携帯していたS&Wのことまでも思い出した。

――実際は、人に向けて構えたことは一度もなかったが。

それにしても、こんなに小さな拳銃から発射された弾では、人の身体を貫通することなど、とても無理だろう。相手が屈強な男なら、一発ぐらい撃ち込まれたとしても、そのまま突進してくるかも知れない。

――暴力団《マルボウ》の使うチャカじゃない。

本当に相手にダメージを与えるのなら、まだナイフの方が効き目があるくらいだ。それでも何故か、その小さなコルトを構えていると、不思議なほどに気持ちが若やいでくる気がした。この三年、まるで思い出すこともなかった警察官時代のことが、急に生き生きと蘇ってきた。

4

次の週末、息子が残りの荷物を運んできた。

「お袋だって、口では色々言ってるけど、もう諦めてるんだからさ、心の中では許してるよ。あんまり意地を張らないで、家に来ればいいじゃないか」

「俺は健康だし、まだ人の手を借りなけりゃならんような歳でもないんだぞ。意地を張ってるわけでも、何でもない」

「じゃあ、これからどうするんだい。こんなアパートで、日がな一日ごろごろしてたら、もう少し若くたって惚けるよ。お袋だって、それを心配してる」

何を言ってるんだと、勲は吐き捨てるように言った。

「日がな一日ごろごろなんて、してやしない。もう少し落ち着いたら、仕事も探すつもりだ。惚ける心配なんかするなって、母さんに言っておけ」

息子は、呆れたようにこちらを見ていたが、まめに電話をするからと言い残して帰っていった。この数日の間に、小さなテレビや冷蔵庫、卓袱台やカラーボックスなども買い揃え、電話も引いて、勲の新居はすっかり落ち着いていた。

息子に言われるまでもなく、新しい仕事を探さなければ、本当に老け込みそうなことは分かっていた。

だが、今度はそう簡単に動くことは出来なかった。無論、以前のつてを頼れば、仕事などすぐに見つかるだろうということは分かっていたが、どうもその気になれない。だから言わないことではない、最初から馬鹿な夢など見なければ良かったのだ、そら見たことかと言われるのが嫌だった。

――だからといってなあ。

三年のブランクが、どう響くか。今更、またネクタイを締めて毎朝毎晩、電車に揺られる生活に戻ることが出来るものか。その一方で、考える。ただでさえ、警察官などという、つぶしのきかない仕事をしていた自分に、コネも使わずに何が出来るのか――。あれこれと考えると、結局、なかなか腰を上げる気になれない。荷物が増えたお陰で、いっそう狭くなった部屋にごろりと寝転がって、勲はぼんやりと四角い空を見上げるのが常だった。

一週間がたち、十日が過ぎても、勲は動こうとしなかった。毎朝、コンビニエンス・ストアーに行って新聞と弁当、インスタントのみそ汁などを買い込み、日中は、テレビを見ながら、それらを食べてごろごろと過ごす。午後三時を待って近くの銭湯に行き、帰りには近くの焼鳥屋に寄って軽く飲む。ただそれだけの毎日だった。いつの間にか桜も散って、路地を出る角に植えられている貧相な柳の木も、葉の色を濃くし始めていた。

その日は、このアパートに越してきて初めて、朝からしょぼしょぼと雨の降る日だった。雨音そのものは聞こえてこないが、どこからか、たん、たんと滴《しずく》がトタンを叩く音が響いてくる。

雨だれの音を聞いているうち、様々な思い出が蘇ってきた。不思議なもので、この三年間、土にまみれていた頃のことよりも、もっと昔の警察官時代のことの方が、折に触れ、鮮明に思い出された。

警察官に成り立ての頃、ずぶ濡れになりながら交通事故の処理をしたときのこと、身体の芯まで冷えたまま、張り込みを続けたこともあった。ことに制服の頃は、傘などさすことはなかったから、常に帽子の庇《ひさし》から滴をしたたらせながら、疲れ果てた足を引きずるようにして歩き回ったこともある。そう、雨を吸った制服に、拳銃や手錠、警棒などを身につけて動き回らなければならなかった時代は、とにかく身体が重く感じられて大変だった。

ふと、安物のカラーボックスの下の段に入っている桐の箱が目に付いた。勲はむっくりと起き出して、箱に手を伸ばした。

——あずかってくれって言ったって、それなら取りにくるつもりがあるんだろうか。

箱の中には、小さなコルトが相変わらずティッシュペーパーにくるまれて入っている。勲はティッシュペーパーの上から拳銃を取り、しげしげとそれを見つめた。

最初にこの拳銃を見つけたときには、すぐに警察に届けようかと考えた。それこそ、以前の知り合いに渡してやれば、相手は喜ぶに違いないということも分かっている。だが、どうしてもその気になれなかったのは、箱に残されていた置き手紙と、あの顔色の悪い不動産屋が、勲の前にこの部屋に住んでいたのが、若い女性だと言っていたせいかも知れなかった。

——今時、ああいうアパートに住むような雰囲気じゃないようなさ、女子大生っていうのは無理でも、まあ、普通のＯＬみたいな感じかな。

ワケアリかも知れないと、不動産屋はそんなことも言っていた。勲の中では、二十代前半の、いかにも慎ましやかな雰囲気の平凡な娘が思い描かれていた。世の中の犯罪ともっとも無縁に見えるようなそんな娘と、このコルトとはあまりにも結びつかない気がする。

だが、引っ越しの際にこんな物を残していけば、自分の身元が割れるのは時間の問題であることぐらい、その娘にも容易に想像できたはずだ。

——すると、その娘じゃないのか。

娘よりも、さらに前の住人が置いていった可能性も考えられる。その前の前の住人である可能性も――。このように物騒な物が残されているとも知らずに越してきて、「あずかってください」などというメモと一緒に拳銃などを発見すれば、面倒事に巻き込まれたくないという思いと、わずかな好奇心とで、そのままにしておくことも十分に考えられる。それは、今の勲自身の気持ちも同じだった。既に警察官でなくなった現在、自分の手で持ち主を捜せるとも思わないが、だからといって、そのまま警察に届けてしまうのも、何となく惜しい気がするのだ。

「じゃあ、どうする――」

いくら考えても結論が出ない。たん、たんという雨だれの音に合わせながら、勲は手のひらで小さなコルトを弄《もてあそ》んでいた。こうしていると、やはり懐かしいのは四十数年間におよぶ警察官時代のことなのだ。最近の三年のことなど、挫折と呼ぶにはあまりにも短すぎる気がした。結局、自分はあの組織の中でしか生きられない人間だったのかも知れないと、そんなことを思ったときだった。

「やめてって言ってるでしょうっ！」

はっきりとした女の声が聞こえた。勲は反射的に窓の方を向き、耳を澄ませた。たん、たん、という雨音の向こうから、何かの割れる音がした。勲はそっと窓を開けた。さわさわと、微かな雨音が聞こえて、同時に湿った土の匂いがした。

「知らないって、言ってるじゃないのっ！」

路地の奥から聞こえてくるようだ。その時、今度は男の声が聞こえた。言葉までは聞き取れないが、激しい口調で何かを怒鳴っている。

「もう、やめてっ！」

桐の箱に拳銃を戻し、勲は大きく息を吸って、ゆっくりと立ち上がった。

スーパーで買ったビニールのサンダルを引っかけて、傘も持たずにアパートを出ると、路地には数人の人だかりが出来ていた。勲よりも高齢に見える女性ばかりだったが、勲はいずれの顔も見たことがなかった。

「どの家ですかね」

勲の問いに、七十前後に見える藤色のカーディガンを羽織った女性が、ビニールの傘の下から、怯えたような表情で路地の奥を指さした。勲は、女性に向かってゆっくりと頷き、警察を呼ぶようにと言った。

「警察？」

「一一〇番して下さい」

女性の表情には、面倒なことには巻き込まれたくないという意思がありありと見て取れた。

「そんな、私、一一〇番なんてしたこと、ないですし。あそこの部屋、前にも似たようなことがあったけど、ただの痴話喧嘩なんじゃあ――」

たとえ痴話喧嘩だとしても、これでけが人が出れば立派な傷害事件になるのだと言いかけたとき、また女の悲鳴が聞こえてきた。仕方がないな。勲は、少し考えた後で、声のする方に歩き出した。

勲の住むアパートよりも、さらに路地の奥に建っている、モルタル塗装を施した木造アパートだった。この天気だというのに、ベランダには洗濯物を干しっぱなしにしている部屋もあって、そのうちの二階の一室から、どすん、がちゃんと音がする。勲は、塗装の剝げかかった鉄製の階段をゆっくりと上がっていった。

勤め人ばかりが住んでいるのか、それとも面倒事が嫌なのか、周囲の部屋はひっそりと静まり返っている。奥から二つ目の部屋の前に立つと、ドア越しに、激しい息づかいが聞こえてきた。勲は、そのドアをゆっくりと大きくノックした。

一瞬、ドアの向こうが静かになって次の瞬間、「助けてっ」という悲鳴と「うるせえっ」という怒声が同時に聞こえてきた。声の感じからすると、まだ若いようだ。刃物か何かを持っていると、少しばかり厄介だ。相手は相当に興奮している。

再びドアをノックして、勲は声をかけた。

「開けてもらえませんか。いるんでしょう?」

「誰だっ!」

咄嗟にドアの正面を見た。そこには、だいぶ黄ばんだ紙がセロハンテープで貼り付けてあった。「石崎」という手書きの文字も、随分薄くなっている。

「石崎といいますが。娘に、会いに来たんだがね」

再び沈黙。耳を澄ますと、男が小声で女に何かを言っている。頼む、知らないなんて言うなよと、勲は祈るような気持ちでドアをノックし続けた。

「いるんだろう？　開けてくれないか」

ドアノブをがちゃがちゃと回しながら、勲は今度は「開けろ」と怒鳴った。数分後、ドアの向こうで微かに鍵を開ける音がした。間髪を入れず、勲は思い切りよくドアを引いた。目の前に、まだ子どもじみた顔立ちの青年がいた。四畳半ほどの台所につながる奥の部屋には、若い女が畳に尻をついたまま、こちらを見ている。

「君は、何者だ」

可能な限り厳しい表情を作って青年を見据えると、女が素早く立ち上がって駆け寄ってきた。二十二、三というところだろうか。薄手のニット一枚で、その下には何もつけていない娘は、青年を突き飛ばすようにして勲にしがみついてきた。勲は、その娘を自分の後ろにやって、改めて青年を見上げた。二十歳になるかならないかというところだ。刃物などは持っていない。綿のシャツにジーパンで、男は呆気にとられたようにこちらを見ている。

「うちの娘に、何をしてる」

勲はさらに言った。

「外まで丸聞こえじゃないか。誰なんだ、君は」

「あ――俺、あの――」

「娘と、付き合ってるのか」

「付き合ってなんか、いないわよ！」

今度は背後から女が叫んだ。

「バイト先で一緒なだけ！　ちょっと親切にしてやったら、勘違いしちゃって――」

勲は、娘の腕を強く摑み、小さく首を左右に振って見せた。相手の興奮を静めようとしているときに、女が騒いだのでは、火に油を注ぐようなものだ。

「君、学生だろう」

再び男の方を見て言うと、彼は握り拳を震わせたまま、小さく頷いている。

「もうすぐ、警察が来ると思う。近所の人が一一〇番するって言ってたからな。そうなると、厄介だぞ」

男は、泣き出しそうな顔でこちらを見た。

「俺、そんなつもりじゃあ、ただ、かおりさんが――」

娘はかおりという名前らしい。勲は、「かおりが、どうした」と言った。

「かおりが、君に何か迷惑をかけたのか」

男は唇を嚙みしめ、握り拳を震わしていた。勲は、ちらりと自分の背後に隠れている娘を振り返った。彼女は、唇を尖らせ、すっかりふてくされたような表情で、勲をぎゅっと睨み返してくる。まったく、昨今の男はこんなにも情けないのかと、勲は新たな苛立ちを覚えながら、立ち尽くす青年を見ていた。

5

勲は、例の小さな拳銃を眺めていた。

――さっさと警察に届けりゃいいものを。

いったい、誰に義理立てしているつもりなのだろうか。だが、この拳銃の持ち主は「あずかってください」と言っているのだ。取りに来るつもりでいるのだ。

込められている弾を抜き、改めて銃身の中を覗いてみる。小指の先ほどしかない銃身の中には、小さな闇が広がっているだけだ。勲は、試しに、朝飯のときに使った割り箸を差し込んでみた。モデルガンならば、途中でつかえて、つまり、弾など飛び出さないようにふさがれている。

だが、割り箸の先は、すっと奥まで通り、スライドさせてある遊底の脇にあいている、空薬莢が飛び出す窓に顔を出した。しかも、その先には何か付着している。勲は割り箸を引き抜き、今度は代わりに綿棒を銃身に差し込んで、その内側をくるりと撫でてみた。引き戻した綿棒には、赤い錆がついてきた。

銃弾の雷管《らいかん》の燃えかすには、金属に錆を出す成分が含まれている。銃身の内側に錆が付着しているということは、この小さな筒の中で、雷管が燃えたことの証明になる。つまり、実弾が発射されたということだ。

――本物か。

つけっ放しにしているテレビを見るついでに、卓袱台に視線を移すと、小鉢に盛られたひじきの煮付けと、もう少し大きな器には、野菜の炊き合わせがのっているのが目に入った。さらに、小さな流しの脇には日本酒の一升瓶が置かれていたし、冷蔵庫には漬け物と缶ビールも入っている。部屋の隅には鴨居に棒を渡して洋服掛けにしているし、流しの前には洗濯物やタオルもかけてある。こんな生活臭の満ちている場所に拳銃は、いかにも似合わないものだと思う。

それにしても、このアパートに越してきて以来、どうも奇妙だ。何もかもが、現実感がなくて変にふわふわとしている。拳銃の置き土産があったことからして、妙なのだ。さらに、十日ほど前に、路地の先の痴話喧嘩をおさめて以来というもの、この部屋は急に来客が多くなった。

最初は、女にだまされた青年を説得するために、この部屋に連れ込んだ。自分は、あの娘の父親でも何でもないと明かした上で、「話を聞かせてみろ」と言うと、痩せて、ひょろりと背の高い青年は、近所中に聞こえるほどの大声を上げていたとも思えないくらいにしおらしい態度で、のろのろと勲に従ってきた。そして、まるで一時代前の小娘のように、時折涙ぐみながら、自分のお粗末な恋愛について語った。

大して効果があるとも思えなかったが、取りあえず数時間もかけて、彼を慰め、励ましの言葉をかけて帰すと、今度は入れ替わり立ち替わり、近所の人たちがやってきて、それぞれが興奮した口調で「ご立派」を繰り返していった。その中には、一一〇番通報を嫌がった女性もいた。

「ここの部屋の方だったんですか。ちっとも知らなくて、私は、二階の端なんです」

「私はね、あの、騒ぎのあったアパートの向かい」

それまでまるで気付かなかったが、この辺り一帯は、単にアパートが密集しているだけでなく、独居老人の世帯が多いということだった。

「最近は、とにかく物騒でしょう？　もう、何しでかすか分からないような連中がうようよしてるんだもの」

「たとえば隣近所で何かあったとしたってねえ、私たちに出来ることなんか、ありませんから」

「もうちょっと、お巡りさんが見て回ってくれればって、よく話してんだけどねえ。だけど警察なんてあてにならないし」

三人の老人は、口々にそんなことを言って帰っていったが、夕方にはそのうちの二人が、男の一人暮らしでは何かと不自由だろうと言って、総菜を持ってきた。

その日の夜には、今度は哀れな青年を袖にした娘の方が、小さなビニール製の手提げ袋に入った缶ビールを持って現れた。

「マジ、ヤバかったよね、ホント、助かっちゃった」

この歳頃の娘にしては、手みやげを持ってくるのは感心だと思っていると、石崎かおりという娘は、あの青年にはしつこくされて困っていたのだと言った。

「ちょっと親切にしてやったら、妙にその気になっちゃってさ、彼女とうまくいかなくなったのまで、人のせいにすんだから」

見知らぬ男の部屋に平気で入り込んで、手みやげのビールを自分でも飲みながら、かおりは「だって、私のお父さんなんでしょう」と愉快そうに笑った。

「あの時は、本当にお父さんかと思っちゃってさ、もう、ビビッたよ」

「そんなこと繰り返してると、じきに痛い目にあうぞ」

かおりは、にんまりと笑って「大丈夫だって」と答えた。そして、そう言えば以前この部屋に住んでいた女性も、今日のかおりのような目にあっていたと言った。

「可哀相だったよ。一度や二度じゃなかったから。それで、出てっちゃったんじゃないのかな」

白い喉を見せながら、旨そうにビールを飲むかおりを眺めるうち、勲は、身体の奥に小さな炎が灯ったのを感じていた。

「付き合ってた男に、そういう目にあってたのかね」

「どうかなあ、そこまで知らないけど。でも、結構、迫力あったよね」

勲の前にこの部屋に住んでいた娘は、かおりと同年代で、いつも地味な服装だったという。ＯＬという雰囲気でも、学生のようでもなかったし、中途半端な時間に化粧をして出かけていくこともあって、何をしている人なのかは分からなかったそうだ。

「なんか、不思議な子だったけどね。ちょっとお嬢様風でさ、アパート、それもこんなオンボロのアパートに住んでるって感じじゃ、なかったよ」

それが、ある時期から男の怒鳴り声が聞こえてくることがあって、やがて、彼女は引っ越していったのだという。

「この辺に住んでるジジババだったら、私なんかよりずっと詳しいんじゃないの？」

以来、勲は、毎日のようにこの部屋を訪れて、自分の身の不幸を嘆き、小さな相談事を持ち込んでくる近所の人々から、さり気なく以前の住人の話を集めるようになった。その結果、この部屋に住んでいたのは「小出《こいで》」という名字の娘であり、三カ月足らずで突然引っ越していったこと、最後の一カ月ほどは、何度となく男がやってきて、激しくドアを叩いたり、怒鳴り声を上げていたということが分かった。どこの出身で、何をしているかは、誰も知らなかった。とにかく、その小出某という娘は、ある日突然、越してきて、同様に、ひっそりと越していった。

——拳銃とは無関係だとしても、何かの事情を抱えていることは確かだ。

勲は、その娘に興味を抱き始めていた。何とかして、その娘の居所を探せないものかと考えていたとき、ふいにドアをノックする音がした。勲は大急ぎで拳銃をしまい込むと「はいはい」と返事をして立ち上がった。このところ、まるで競い合うようにして勲のところに様々な食べ物を持ってきてくれる老婦人の誰かに違いなかった。

「やっぱり、森井さん」

ところが、ドアの向こうに現れたのは、白髪混じりの髪をきっちりと七三に分けた男だった。顔じゅうに愛想笑いを作っていた勲は、一瞬強ばったように相手を凝視した。

「いやあ、これじゃあ、町でばったり会っても、分からないかも知れないな」

勲よりも五年ほど後輩になる吉田は、昔と変わらない几帳面な堅い笑みを浮かべている。咄嗟に、このアパートの賃貸契約を結んだ日のことを思い出した。あの日、勲は柄《がら》にもなく郷愁のようなものにかられて、若い警察官を呼び止めたのだった。

「東京に戻られてたんだったら、電話でもいただければ良かったのに」

勲は思わず苦笑しながら、取りあえず、後輩を招き入れた。吉田は、不躾《ぶしつけ》に室内を見回したりしないように、努めて真っ直ぐに前だけを見て勲の六畳一間の城に入ってきた。

「わざわざ連絡するほどの暮らし向きでも、ないもんでね」

すすめる座布団もなければ、出す茶もない。手持ち無沙汰のままで向かい合って、勲は照れ隠しに頭の後ろに手をやった。伸ばし放題になっている髪を束ねているゴムが指に触れる。ささくれかけた畳の上に、きちんと正座をしている相手の、折り目正しいズボンの膝元が目に入った。

「うちの若い連中から森井さんの名前を聞いたときは、まさかと思ったんですが、少し前に、この辺でゴタがあったでしょう、それを、髪の長い六十代くらいの男性がおさめたって、後から聞きましてね。ひょっとしてと、思って」

「柄にもなく、ちょっと出過ぎたかな」

「まさか。それよりも、どうして連絡して下さらなかったんです。水くさいですよ——奥さんは、どうされてるんですか」

「息子のところにいるんだがね」

相手が、こちらの事情を知りたがっていることぐらいは容易に察しがついた。だからといって勲としては、この三年のことをそう簡単に喋る気にはなれなかった。見れば分かるだろう、要するに、自分の選択は失敗だったのだと、開き直りにも近い気持ちになった。

「農園は、やめたんですか」

「——女房が、どうしてもいやだって言うしね。所詮は、都会暮らしから、離れられないらしい」

「——そうですか」

「——今更言うのもおかしいが、外の社会はなかなか、厳しいな」

「そうでしょうね」

確か一年半ほど前に、西署の副署長になったことを葉書で報《しら》せてきていた後輩は、実のところ、勲よりもよほど出世してしまっていた。彼に先輩面をして、あれこれと指図をしていたのはもう二十年以上も昔のことだ。

「どうです、この町は。住みやすいですか」

「どうかな。一人暮らしの老人が多いのには驚いたがね。心細い暮らしをしてる人ばかりだ」

それに、ここへ越してきて以来、一度も巡回連絡が来ていない、近所をパトロールしている警察官も見かけないと言うと、吉田は恐縮した顔で首の後ろを掻いた。途端に、勲は後悔した。何も、自分が口出しをするようなことではない。今の自分は、ただの無職の男に過ぎない。

「我々としても、精一杯、やってはいるんですが」

「何も、僕にそんな役人臭い言い訳をすることは、ないよ」

そこで話題は途切れた。勲の中では、面倒な相手に会ったという思いと共に、えも言われぬ懐かしさがこみ上げてきていた。自分の過去を知っている相手と、こうして言葉を交わすのは、実に久しぶりだ。この辺りで、いくら独居老人に頼られているとは言え、勲はあくまでも正体不明の長髪の男でしかない。

「どうだい、最近は」

長い沈黙に耐えきれなくなって、今度は勲の方から口を開いた。吉田は「相変わらずです」と微笑んだ。

「森井さんは、いい時期にやめられましたよ。あの後は、まずオウムの事件があって、もう大変だったから」

「そうだろうね」

「この頃は、外国人の犯罪も増えたし、発砲事件も増えましたからね、上からは、とにかく拳銃を探してこいなんて、いつも言われてます」

　穏やかな表情で話し続ける後輩を眺めながら、勲は一瞬、冷や汗が出そうになった。まさか、彼があのコルトのことを知っているとは思えない。ちょうど良い機会だから、差し出してやろうかとも思った。それなのにやはり、勲はどうしても、あの拳銃のことを話す気になれずにいた。

「あんまり厳しく言って、たとえば暴力団《マルボウ》と馬鹿な取引でも考えつく者がいたりすると、これもまた、面倒なことになりますしね」

　なるほど、なるほどと頷きながら、勲は、やはり迷い続けていた。生まれて初めてに近い、奇妙な後ろめたさと罪の意識がある。別段、あれが惜しいというのではない。あんな物が、普通のアパートに残されていること自体、この日本では尋常ではないのだ。あっさと警察に渡して、あとの処理は彼らに任せれば良いではないか。だが、それでも勲は、言い出せずにいた。既に警察官でもなくなり、堅実な人生からは大きく外れてしまった感のある自分が、多少なりとも厄介なことに関わっているという印象を持たれたくない気持ちも働いた。

　――それに、俺は預かっているだけだ。

　三十分ほども話をした後で、吉田は「今度は飲みましょう」と言い残して帰っていった。彼の後ろ姿を眺めながら、勲は、あれが現役の男の背中だと思った。自信に満ち、責任の重さに耐えている背中だ。

それに比べて、今の自分はどんな背中をしていることだろう。おんぼろ箒のような毛を垂らし、小さく丸まっている自分の背中は、とても人に見せられるものではない気がする。

「こんなことをしてる場合じゃ、ないのかもな」

再び桐の箱から拳銃を取り出して、勲はため息混じりに呟いた。小さいながら、しっかりとした存在感を持つコルトは、果たして以前は誰の手に握られていたものだろう。この小さな、半月形の引き金は、何に向かって引かれたものだろうかと、いつもと同じ思いに囚われる。

——もうしばらく、待ってみるか。

畳の上にごろりとひっくり返り、小さな拳銃で天井を狙う真似をしながら、勲は考えていた。それにしても、さっき、吉田と向き合った自分は、いかにも惨めに見えたことだろうと思うと、言いしれぬ侘びしさが心を冷やしていく。このまま、どうしようもなくなったら、こんなちっぽけな拳銃でも死ねるだろうか、額に撃ち込めば、何とかなるだろうかと、ふと思った。

6

半月が過ぎ、一カ月が過ぎても、勲の日々は変わることがなかった。早朝に起きて、散歩がてら例のコンビニエンス・ストアーまで新聞を買いに行き——食事の方は、大概がもらいもので済むようになってしまったが、その代わりに、飯だけは炊かなければならなくなって、結局小さな炊飯器を買うはめになった——時々は遠回りをしてアパートに戻る。テレビを見ながら朝飯を食う。その頃には、決まって誰かがやってきて、昼近くまで喋っていき、午後も似たようなものだ。

「今更、誰の世話にもなりたくはないもの」

「せめて最期だけね、ちゃんと看取ってもらえれば、それでいいかとも思って」

勲に話を聞かせる人たちは、等しく自分たちの目前に迫っている人生の終焉《しゅうえん》について語った。この先、何をしようという目的など何もない。夢などという言葉はとうに忘れてしまった。とにかく健康で、人様に迷惑をかけずに毎日が過ごせればそれで良いと繰り返す人たちは、等しく孤独で、哀れに見えたが、その一方では、何も求めず、守るべきものもない気楽さに満ちているようにも見えた。

そんな人たちの話を聞いて、午後三時を回った頃には銭湯に行き、三日に一度は帰りに焼鳥屋に寄って、七時過ぎにはアパートに戻り、ナイターを見る。

——定年直後に、こういう生活を送っていれば、良かったのかもな。

そうすれば、働きづめだった身体も十分に休まったし、長年暮らしながら、よく知りもしなかった町の景色も見えてきたことだろう。何を失うこともなく、また新たな出発に意欲を燃やすことも出来たと思う。本当に農業をする気なら、それからでも遅くはなかった。妻だって、きちんと納得させられたかも知れない——そう考えること自体が、愚痴だった。

三人の子どもたちからは交互に電話がかかってきたが、それぞれの生活を抱えている子どもたちに、必要以上に労られるのは、かえって気が重くなるものだった。息子の話では、妻は最近になって近所にダンスを習いに行っているという。

「もう、すっかり元気だよ。この頃じゃあ、福島にいた頃の話も、それなりに楽しかったなんて、笑いながらするようになったし。父さんのことも、『いつまで意地を張る気かしら』なんて言ってる」

「意地なんか、張ってやしない」

勲は決まってそう答えた。妻が元気を取り戻しつつあるという報告が、少しばかり気持ちを楽にしたことは確かだ。だが、それでも勲自身に何かの変化があるわけではなかった。妻が許し、息子がすすめたからといって、まさか、自分も一緒に息子の世話になって、ダンスを習いに行けば良いというものでもない。答えはまだ出ていないのだ。

拳銃を手に取るのは、いつしか日課のようになっていた。小さなコルトを撫でさすりながら、勲は若かった頃の自分を思い出し、その一方で、何かを待っている気持ちになりつつあった。

それは、引き金を引く瞬間だ。もう一度やり直すための、心の中の引き金という意味かも知れないし、すべてを終わりにするための、現実の引き金という意味かも知れない。

自分でも分からなかった。とにかく、決心しなければならないときが来る。そんな思いばかりが膨らみつつあった。

いつしか、寝苦しい夜が続くようになっていた。ただでさえ寝付きが悪くなっているのに、何度も寝返りを繰り返しながら、勲は、闇よりも深く見える古ぼけた天井を見つめて過ごした。この部屋で夏を迎えるのだろうか。茹《う》だるような都会の夏を、こんな部屋で迎えなければならないのだろうか。いや、そんなに結論を先延ばしにするわけにはいかない。

――それまでに、引き金を引かなけりゃ、ならん。

その夜も、何の引き金かも分からないまま、そんな言葉を自分に言い聞かせ、ようやくうとうととしかかったとき、遠くで悲鳴が聞こえた。勲はさっと起きあがり、耳を澄ませた。

「いやっ！　何度言ったら分かるのっ！」

間違いなく石崎かおりの声だと思った。勲は、パジャマの上からカーディガンを羽織っただけで、アパートを飛び出した。路地から見上げると案の定、かおりの部屋の電気が煌々《こうこう》と灯って、動き回る人影が見えた。

――あの小僧、まだ諦めてなかったのか。

自分の説得が足りなかったのだろうか、それとも、それほどまでに未練があったのか。あれこれと考えながら、鉄製の階段を駆け上がり、かおりの部屋を激しくノックする。

ドアノブを回してみたが、施錠されていて容易に開きそうにはない。

「助けて、誰か！　やめてっ！」

かおりの声は、以前に聞いたものよりも、もっと切羽詰まっているようだ。その時、隣の部屋のドアが開いて、怯えたような女の顔がのぞいた。

「警察に電話してっ」

勲が言うと、その顔はさっと引っ込んだ。一瞬、間を置いて、勲はその女の後を追った。ドアを開けると、電話に駆け寄ろうとしていた女が、ぎょっとした顔で振り返る。壁を隔てて、何かのぶつかる音や割れる音が聞こえてきた。

「隣は、鍵がかかってて中に入れない。ちょっと、おじゃまします。その間に、電話してください」

玄関で脱いだサンダルを手に持って、見知らぬ女の部屋にずかずかと上がり込む。背後から「あっ」とか「ちょっと」と言う声が聞こえたが、そんなものは無視して、奥の部屋へ行き、ベランダへ出た。路地の真ん中に人だかりがしているのが見えた。隣室の会話が、手に取るように聞こえてくる。

「――ねえ、落ち着いてったら、ねえ！」

「あんたは、責任取らなきゃ、いけないいんだ」

「分かったから。だから、ねえ、そんな物、突きつけられてちゃ、ちゃんと話せないじゃないの」

「もう、話すことなんかねえだろうっ！」

激しい息づかいの中から聞こえる男の声は、間違いなく、あのひょろりとした青年のものだ。

「人のこと馬鹿にしやがって、おちょくりやがって！」

今のところ、かおりはまだ無事のようだ。隣室との仕切板が、非常の際などに簡単に破れるものだということを確認すると、勲は勢い良く仕切板を蹴破り、隣のベランダに突っ込んだ。

かおりの部屋の窓は、細く開いていた。部屋の中は見事なほどに荒らされていて、蛍光灯の笠が揺れ、部屋の片隅に、かおりがうずくまっている。振り返ってこちらを睨み付けた青年は、この前とは人が違ったような形相《ぎょうそう》で、手に包丁を握りしめていた。勲は、ゆっくりと窓を開けて、かおりの部屋に入った。

「――馬鹿なこと、するんじゃない」

横目でちらちらと周囲を見回しながら、勲は言った。相手に比べて、こちらはあまりにも無防備だ。

「うるせえっ、てめえなんかに、何が分かるんだっ」

青年は声を震わせ、今にも襲いかかってきそうな気配で、こちらを睨み付けている。勲は、身体中の血が逆流するのを感じた。久しく感じたことのない興奮が、全身を震わせようとしている。

「落ち着いて、よく考えるんだ。この前、一度は納得したんだろう？　それが、どうしてまた、こんなことをするんだ」

出来る限り押し殺した声で言う。青年の形相に、わずかにひびが入ったように見えた。

「何があった、うん？」

「駄目なんだっ！　俺は、もう、駄目なんだよ！」

青年が、涙混じりの声で叫んだときだった。部屋の隅にうずくまっていたかおりが、這《は》うようにして台所に逃げた。その音を聞きつけた青年が後ろを振り返った途端、勲の中で何かが小さく弾けた。

何を考えるよりも早く、脇にあったベッドの上の毛布を鷲摑みにし、思い切りたぐり寄せて、そのまま背中を見せている青年に飛びかかる。相手の頭から毛布を掛け、押し倒すと、青年は驚くほど頼りなく、その場にへたりこんだ。弱々しい背中を膝で押さえながら、腕をねじり上げ、握りしめている包丁を奪い取る。毛布の中から情けない悲鳴が上がったとき、玄関から制服の警官がなだれ込んできた。

「おとなしくしろっ！」

怒声が飛び、青年のか細い悲鳴がもう一度上がった。勲に代わって青年にのしかかった警官たちを眺めながら、後ろに下がった勲は懸命になって呼吸を整えていた。さすがに、心臓がばくばくしている。今頃になって、手足から震えが上がってくるようだ。後から後から近付いてくるパトカーのサイレンの音が、酸欠気味の頭の中で響きわたった。

「ちょっと、あんたは。どっから入ってきたの」

両脇を抱えられて青年が部屋を出ていった後、一人の警察官が勲に気付いて言った。勲は黙ってベランダを指さした。警察官は眉をひそめてベランダの方を見て、隣室との仕切板が割られているのを発見すると「あーあ」と言った。

「素人が、何、やってんのよ、ええ？　何かあったら、危ないじゃないか」

勲は、少しばかり乱れた髪を額から掻き上げた。呼吸を整え、カーディガンの裾を引っ張りながら、改めて相手を見る。警察官は皮肉っぽく口元を歪めながら、こちらをじろじろと見回している。

「どこの人？　ちゃんと、お巡りさんが来るんだからさ、下手に格好なんかつけないでくださいよ、ね。どうすんの、この壁、こんなに――」

「うるさいっ！」

思わず怒鳴ると、警察官は一瞬怯《ひる》んだ表情になり、それから「なんだと」と言った。

「おまえらが来る前に、あの娘が刺されたら、どうするんだっ！」

「だからって、あんたまで刺されてたら、困るでしょうがっ」

「そんな馬鹿な真似はしないっ。おまえなんかより、よっぽど場数を踏んでるんだっ」

警察官は、みるみる顔を赤く染め、食いつきそうな表情になって、こちらを睨み付けてくる。その時、部屋に戻ってきた警察官が「あっ」と声を上げた。

「主任、まずいです。その人――」

駆け寄ってくると、彼は大急ぎで勲の身元を明かしている。よく見ると、以前駅前で、勲に対して居丈高な職務質問もどきをしてきた若い巡査だった。「副署長の」という一言を聞いた途端、顎を突き出し、今にも殴りかかりそうな顔つきになっていた警察官の表情がさっと変わった。勲は、何やら急に白けた気分になって、そっぽを向いた。

それから数十分間も、勲は若い警察官からの詫びの言葉と、係長クラスの男からの賞賛の言葉を聞き、細かい事情は翌日に警察署に出向いて話すことを約束して、かおりのアパートを後にした。

——良くも悪くも、一生ついて回るんだ。

今更、自分の過去を否定するような真似も大人げないのかも知れない。自分には、警察官としての根性が染み込んでいる。第一、決して嫌いな仕事ではなかった。だからこそ、四十年以上も勤まったのだ。

狭い路地にはパトカーが連なり、夜更けにもかかわらず、大勢の野次馬が遠巻きにこちらを見ていた。勲は、それらの人を避けるように闇を求めて、自分の部屋に戻った。

「——」

薄いドアを開けた途端に、何か異様な感じがした。馴染みのない匂いが漂っている。勲は玄関に立ち尽くしたまま、自分の部屋を見回した。

布団は起き抜けのままの状態になっている。卓袱台の上も、鴨居に掛けてあるハンガーもそのままだ。だが、一つだけ違っていた。押入の襖が開いている。しかも、下の段に据えられている押入簞笥の、下段の引出が引かれたままになっていた。勲は、急いで部屋に上がり込んだ。さっき、刃物を振り回す青年に飛びかかったときよりも激しい動悸に襲われた。

来たのだ。あれを取りに来た。鍵がかかっていないのを知って、勝手に入り込んだのだろう。だが、カラーボックスを見ると、例の桐の箱はそのままになっている。ここにあるのが見つからなかったのだろうかと思いながら、勲は箱に手を伸ばした。羊羹の空き箱は、頼りないほどに軽くなっていた。

〈お預かりいただいていたものを、いただいていきます〉

蓋を開けると、小さな拳銃も銃弾もなくなって、代わりに、走り書きのメモが入っていた。その字体は、「あずかってください」と書かれていたものと、明らかに同じだった。

——何だよ、勝手に持って帰ったのか。

何だか急に身体から力が抜けて、勲は、その場に座り込んでしまった。

悔しさとも淋しさともつかない感覚が、全身に広がっていく。毎日のように撫でさすっていた物が、こんな形で消えてしまうとは。結局、誰が、どんな理由でここへ残していったかも分からなかったとは——。

——俺はいったい、何をやってるんだ。

羊羹の箱に残された二枚の手紙を、ただぼんやりと見つめながら、勲は、こんなことなら、一発ぐらい撃ってみたかったと思った。どこに向けてかは分からないが、引き金を引いておくべきだったという気がしてならなかった。その夜は、肩と膝の痛みを感じながら、結局まんじりとも出来なかった。

翌朝、昨日よりも激しく痛む肩と膝を庇《かば》いながら、いつものようにコンビニに行き、買い物を済ませてアパートに戻る途中、顔見知りの老婦人の一人と会った。これまでに、何度となく勲の部屋の戸を叩き、色々な総菜を届けてくれていた彼女は、だが、勲が挨拶をしても、いつものように親しげな笑顔を見せない。

「ちっとも知らなかった。警察の方だったんですってねえ」

「ああ、はあ、でもそれは――」

「私たちみたいに、身寄りも何もないのと、違うのよねえ。どうして、こんな場所に住んでるんですか？　何か、誰かのことでも、調べてたの？」

「いや、だから――」

「私たち、すっかりお一人の方なんだと思って、馴れ馴れしくしたりして、さぞお邪魔だったんでしょうねえ。すみませんでした」

もう、勲の言葉など何も受け付けまいという雰囲気だった。勲は、のろのろとアパートに戻り、布団の上にひっくり返った。いったい、この二カ月あまりの日々は何だったのだ。触れあったと思っていた人々とは、ただすれ違っただけだった。これではまるで、あの拳銃をお守《も》りしていただけではないか。

どうも、この土地も暮らし辛くなったようだ。ひょっとして、再びどこかをさまよわなければならないのだろうか。そんなことを続けていたら、この先、自分はどうなってしまうのだろうと考えていたとき、ドアをノックする音が聞こえた。森井さん、と呼んだのは、吉田の声だった。

ドアを開けると、吉田は部下を従えて、妙に媚《こ》びるような表情で立っていた。

「昨日の被疑者《マルヒ》なんですが、森井さんにじゃないと、話したくないと言い張っとるんです」

挨拶もそこそこに勲に会いたいと言っている。吉田は昨日の青年について語り始めた。彼は、事情聴取に際して、是非とも勲に会いたいと言っているのだという。

「冗談じゃない、俺はもう警察とは無関係の人間だ」

「ところが、被害者《マルガイ》にも来てもらってるんですけど、そっちの方も、そうなんです。『あのおじさんになら話す』ってね」

勲は、目を丸くした。被疑者が取り調べの刑事を名指しするという話は珍しくないが、被害者までがそんなことを言い出すというのは、聞いたことがない。吉田も、「正直言って、困りました」と言った。だが、いくら説得しても彼らは納得しないのだという。

「それで、お願いなんですが、もちろんうちの者に立ち会わせますので、ちょっと会ってやってくれませんか」

「おいおい、そんな——」

「うちの留置場も、もう一杯なんです。仕事は、さっさと進めたいんです」

後輩の半ば迷惑そうな、苦り切った表情を見ているうちに、勲は自分の内で、新たな緊張感と興奮がこみ上げてくるのを感じていた。そう、昨夜、あの若者と向かい合ったときも、感じた。自分の中で、小さく何かの音が聞こえた。あれは、引き金を引く音だったのかも知れない。結局、吉田に拝み倒される形で、勲は後輩と共に車に乗り込んだ。ようやく見慣れてきた風景が、窓の外を流れていく。

「それにしても、森井さんは不思議な人だな。いつの間に、あんな連中にそこまで信用されたんです」

吉田は、いかにも腑に落ちないといった表情で首を傾げている。勲は曖昧に笑って見せただけだった。

「そういう技術を、うちの若い連中に教えてやってもらえないでしょうかね」

「別に、技術なんかありゃあしないさ」

「それは、森井さんがそう言われるだけです。最近の若い連中は、市民との接触の仕方だって知らないんだ。口のきき方も分からないものだから、職質や巡回連絡も、出来なくなってきてるんです」

そういう話は、勲が現役の頃にも聞いていた。勲は、自分が一般人になって初めて感じた、若い警察官の居丈高な態度を思い出していた。確かに、あれでは重要な情報も聞き出せはしないだろう。

ふと、あの小さなコルトのことを思い出した。まさか、勲が越してくると分かっていて、あれを残していったとは考えられないが、それでも結果的には、勲は誰かの為に、馬鹿正直に、あの拳銃を守り続けていた。

「どうです、機会を作りますから、一度うちの若い連中に何か話してやってもらえませんか」

「俺の話なんか、何の役にも立たないよ」

「そんなこと、ありませんよ」

「何しろ、俺はもう一般人なんだから。陰で何をしてるか、分からないんだから」

勲の言葉に、吉田は「まさか」と声を出して笑い、それから急に真顔になった。

「こう言っちゃあ、何ですが、森井さん、今何もしてないんですよね。だったら、もう一度、我々を手助けすること、考えてもらえないでしょうか」

「手助けするって、なあ」

「組織から出た分、今度は外から、色んなことが見えてきてると思うんです。これまでの経験と、そういう目を、もう一度、我々の為に使ってみて、いただけないですか」

深々と息を吐き出し、腕組みをしながら、勲は真っ直ぐに前を見ていた。長い、長い休暇が終わると思えば、それで良いような気もしてくる。

「嘱託《しょくたく》という形で、どうです」

「だが——」

勲は、熱心にこちらを見ている後輩を見た。有り難いとは思う。やはり、持つべきものは頼れる仲間だとも思う。それに、嘱託という形でも警察と関わっていれば、若い刑事と親しくなって、あのアパートの以前の住人のことを調べられるかも知れない。勲は、どうしても「小出」という名の娘のことを知りたかった。

「俺は、君らを裏切るかも知れんよ」

「裏切るって？」

「例えば——拳銃を隠し持つとかさ。今度は市民の側に立って、あやしい連中を庇うとか」

すると、吉田は「やめて下さいよ」と、声を出して笑った。勲は、腕組みをしたまま、自分も声を出して笑った。

「それに、髪は切りたくないんだがね。まだ当分」

笑いの余韻を残したまま言うと、吉田は今度は本気でしかめ面になった。勲は「冗談さ」と言い、さらに声を出して笑った。頭の後ろに手をやると、いつもの通り、すすけた塵箒のような髪を束ねたゴムが指に触れる。ふと、今度息子に会うときは、さっぱりした頭で会うのだなと思った。

置きみやげ

1

その報せは、久しぶりにまとまった仕事になるかも知れないという、オーディション先にもたらされた。

小さな待合室には、何度か顔を合わせたことのある同業者の姿も何人か見えた。中には小声で言葉を交わしている人たちもいたが、祥子《さちこ》は黙ってパイプ椅子に腰掛けていた。

今回のオーディションは、ある役所が作る広報用ビデオのナレーターを決定する為のものだった。書類選考は既に通り、その日は面接とマイクテストを受けることになっていた。

「小出《こいで》さん。小出祥子さん、いらっしゃいますか」

アナウンサーにとって声は生命だ。普段から風邪をひかないように、喉をいためないようにと気を遣っている。オーディションともなれば特に前日から声の調子を整え、いつもより早起きをして、体調を整えた。そうしてやってきた会場で名前を呼ばれれば、出来る限り明瞭な、感じの良い声と笑顔とで返事をするに決まっている。

祥子は口元に微かな笑みを浮かべ、「はい」と返事をしながら立ち上がった。祥子の名を呼んだ中年の女性は、だが、祥子を別室に案内する代わり、すっと近付いてくると小声で、すぐに事務所に連絡を入れるようにと言った。

「緊急の連絡があるそうです」

半ば拍子抜けした気分で小首を傾げている祥子に、その女性は改めて「早く」と言った。

「早く、お電話なさった方がいいわ。急いで、ね」

妙に親切そうな、特別な雰囲気があった。祥子は、その時になって急に落ち着かない気分になり、簡単に礼を言うと、教えられた公衆電話に急いだ。

「ああ、ああ、小出くん？　よかった、まだオーディションは始まってなかったんだな」

事務所の社長は普段からせっかちで、性急な物言いをする人だが、今日はまた特別とも思えるほどに早口だった。

「これから始まるところです」

「すぐにね、そこ出て」

「でも、これから――」

「いいから！」

社長の声は、明らかに苛立っている。わけが分からないまま、祥子は「あの――」と口ごもった。

「小出くん。落ち着いて聞いて欲しいんだがね、いいかい、お母さんが、事故に遭われたそうだ」

何のことだか、ぴんとこない。受話器を耳に押しつけたまま、祥子は何も答えなかった。

「気をしっかり持つんだ。いいね」

「あの――うちの母が、ですか」

「そうだよ！」

「どこから、そんな連絡が――」

「警察だよ！　横須賀の警察署から！　おい、小出くん、大丈夫か？　何だったら、僕が一緒に行こうか」

何を意識するよりも先に「いいえ」と答えていた。これは私の問題。私だけの問題。他の誰にも関わってもらいたくはない。常日頃から考えていることが、その時も祥子の気持ちを支配した。

「とにかく、すぐに行って。病院を言うから。メモして。いいか？」

祥子は、無理に急き立てられるような不快感を抱きながら、社長が早口で言った病院名を手帳に書き取り、オーディション会場を後にした。

――何だっていうの、こんな時に。

母が事故に遭ったという。何の事故だろう、怪我をしたのだろうか。それにしても、母という人は、どうしてこう、いつもいつも祥子の邪魔をするのだろうか。歩きながら、地団駄でも踏みたいような苛立ちが湧き起こってくる。

昔からそうだった。

遠足の前の晩に、酔った客を連れて帰ってきて大騒ぎをしたこともある。高校受験の時には、戸締まりもせずに酔い潰れていたお陰で、泥棒に入られて、勉強どころではなくなった。修学旅行の時には、泥酔して階段から転げ落ちて入院したし、極めつけは、短大を受験するというときだ。母は突然、こう切り出した。「好きな人が出来ちゃったの」と。本当に、数え上げればきりがない。

母は、祥子に何か大切なことがあるときに限って、ただ邪魔をするだけの存在だった。だらしがなく、好い加減で、酒ばかり飲んでいて。学校でも、祥子は「飲み屋の娘」と言われ、友人の母親などから、冷ややかな目を向けられることがあった。自分ほど可哀相な子どもは、世の中にいないとさえ思っていた。だから、祥子は幼い頃から自分に言い聞かせていた。母のようにだけはなるまいと。自分は絶対に真面目で堅実な人生を歩んでみせる。そして、絶対に自分の子どもに、こんな思いはさせないと決めていた。

祥子は、父の名前も顔も知らなかった。当時、横須賀に駐留していたアメリカ軍の兵士だということだけは聞いていたが、写真一枚残っているわけでもなく、確かなことは何も分からない。とにかく母は十九で祥子を身ごもり、二十歳で母親になった。そして、祥子が生まれたときには父親は消えていたという、お定まりの話だ。

「子どもなんか、産むもんじゃない。苦労して育てたって、しょうがない」

何かある度に、母は決まってそう言った。生まれてくるべきではなかったのかと、祥子はいつも無力感に苛《さいな》まれ、母や自分や、顔も知らない父を恨んだ。

結局、祥子は常に怒りの矛先をどこへ向けて良いのか分からなくなり、いつも爆発寸前の苛立ちを抱えたまま、あてもなく町を歩き回ったり、自転車で走り回ったり、もう少し大きくなってからは、電車に飛び乗ったりしたものだ。それでもグレたり不良にならなかったのは、祥子の意地だった。少しでも非行に走ったら、母と同じ人生を歩むことになるだろうと思っていた。

それにしても、横須賀に帰るのは何年ぶりのことだろうか。考えるまでもなく、家を出てからの年月と同じ、つまり八年ぶりということになる。もしかするともう二度と、一生涯、この電車には乗らないのではないかとさえ思っていた。それがまさか、オーディションまですっぽかして、母に会いに行かなければならないなんて、それだけで理屈に合わない気持ちになってくる。

——大体、人騒がせなのよ。

目の前を流れる町並みは、師走に向かう弱々しい陽射しを浴びて、冬枯れの色に満ちていた。こんな寒そうな風景を眺めながら、母に会いにいかなければならないなんて。

顔を見れば、すぐに喧嘩になってしまいそうな予感がする。八年ぶりでも何でも、必死で駆けつけた挙げ句に、涼しい顔で「何しに来たの」などと言われれば、もうそこから諍《いさか》いが起きることは明らかだ。その場面を思い描くと、社長や、事務所に連絡を入れてきたという警察の親切さえ恨めしく思われた。

——警察？

そこで初めて、祥子ははっとなった。確かに社長は、警察から連絡が入ったと言っていた。すると、交通事故ということだろうか。

母は昔から、制服を見ただけで鳥肌が立つと言っていたくらい警察が大嫌いだ。だから、祥子がフリー・アナウンサーという現在の職について、初めて入った大きな仕事が、警察関係のビデオのナレーションだと知ったときには、喜んでくれるどころか、心底不愉快そうな声を出した。つい嬉しくてわざわざ電話をかけたのに、あのとき祥子は、「へえ」としか言わなかった自分の母親という人が、本当に母性のかけらもない、娘のことなど何も考えていない人なのだということを確信した記憶がある。

そんな母が自分から警察に何かを頼むはずがない。と、いうことは、母は自分の意思を伝えられないような状態だということだろうか。初めて、心臓がぎゅっと縮んだ気がした。もしかすると、口喧嘩など出来る状態ではないのかも知れない。第一、よく考えれば祥子を呼ぶこと自体が、普通ではない。

――嫌だ、行きたくない。行きたくない。

本能的に、そう思った。だが、電車は否応なしに祥子を横須賀へと運んでいく。逃げるわけにはいかなかった。

八年ぶりに降り立った故郷の町は、一見すると昔のままだったが、記憶の片隅がわずかに滲む程度の変化を見せていた。馴染みのある風景の中に、割り込むようにして新しい建物が建ち、屋号は昔のままでも新築してある店などもある。それらの風景がすべて冬枯れの匂いをまとっていた。

タクシーの窓から町並みを眺めていると、否応なしに昔の記憶が蘇ってきた。それも、今とは逆の方向、つまり駅に向かって、一人で重い鞄を提げて歩いた時のことが、まざまざと思い出される。

短大を卒業すると同時に、東京で暮らしたいと宣言した祥子に対して、母は「あ、そう」と言っただけだった。反対されても絶対に独立するつもりではいたが、その返答はあまりにも素っ気ないもので、祥子には「待ってました」と言われているように聞こえた。当時、母は新しく出来た恋人に夢中になっていて、むしろ祥子などいない方が好都合だったのだ。祥子は母の新しい恋人を、どうしても受け入れることが出来なかった。

「まあ、どこに行ったってあんたの勝手だけどね。少しは世間の風に当たって、そのトゲトゲをとってくることだわね」

母は腕組みをし、煙草を吹かしながら、口の端に冷笑のようなものさえ浮かべて言ったものだ。

「何様になるつもりか知らないけど、所詮、蛙の子は蛙なのよ。いくら突っ張ったって、あんたの将来なんかたかが知れてるって」

あの時の母の言葉を、ことあるごとに思い出し、石にかじりついてでも帰るまいと自分に言い聞かせて、祥子はこの八年間を過ごした。専門学校に入り直して、新たにアナウンサーを目指すまで、さらに、フリーのアナウンサーとして、それだけで生活できるようになるまでには、祥子の苦労だって並大抵のものではなかった。その度に、母の一言を思い出して堪え忍んできたことを考えれば、母の言葉にも感謝しなければならないのかも知れないが。

「小出さん？　小出清子さんの——」

「娘です」

病院の受付で尋ねていると、近くにいた制服の警察官が声をかけてきた。その姿と固い表情を見て、祥子の心臓は小さく跳ねた。ただならぬ現実を感じた。

「事故です。交通事故。自分で運転しててね」

促されて並んで歩きながら、警察官は口を開いた。やっぱり。どうせ、そんなことだろうと思った。元々、母は運転が荒かった。前を見ずに走ることなど、しょっちゅうだったし、これまでにも何回か、車をぶつけている。

「酒、飲んでたみたいだね」

警察官はじっとこちらを見た。四十五、六というところだろうか。帽子の下から見えている毛髪に、白髪が混じっていた。口を大きく引き結んで、彼は明らかに何かの言葉を探しているように見えた。

「ほとんど正面から、ぶつかってたんだよね。車はもう、ぺしゃんこにつぶれて、中から助け出すだけでも、レスキューが出て、時間がかかったくらいでね」

警察官はゆっくりと話しながら廊下を進んでいく。「外科」と書かれたプレートが見えたのに、彼はそちらには向かわず、人気《ひとけ》のない方向に向かった。今や祥子の心臓は、まさしく早鐘のように打っていた。こんなに緊張するなんて。大きなオーディションの時だって、こんなにドキドキしやしないのに。それに、汗。膝が震えてる。やはり、嫌だ。ここから先には、行きたくない。行ってはならないと思った。

やがて、一つの扉の前で、警察官は立ち止まった。改めてこちらを見た彼の瞳は、不思議なほど静かで、穏やかさのようなものさえたたえていた。

「お母さん、待ってたはずだよ。ゆっくり、会ってやんなさい」

促されて仕方なく、祥子は、冷たく重いドアノブを、ゆっくりと回した。

2

ごめんな、と、受話器を通して彼の声が聞こえた。

「こういうときに、傍にいてやれないなんて」

本当は喉元まで出かかっている言葉を何とか呑み込み、祥子は努めて静かな声で「いいのよ」と答えた。心細いのは間違いがない。どうして傍にいてくれないの、飛んできてくれないの、私がどんな気持ちでいるか分かってないのと、本当は言いたいのだ。だが、彼だって心苦しく思っている、来られるものなら来てくれていたのだということも分かっていた。

「あんまり急で、未だに信じられないの。疲れてはいるんだけど、よく考えないと、どうして疲れてるのか分からない気がすることもあるくらい」

「まだ、気が張ってるんだよ。普通の状態じゃあ、ないんだ」

母は、ほぼ即死の状態だったのだそうだ。病院の霊安室で対面した母の遺体は、頭部や手足に包帯を巻かれて、ひっそりと寒そうに見えた。八年ぶりとも思えないほど、その顔は変わっていなかったが、やはり小皺が増えていたかも知れない。だが、しげしげと見つめる余裕もなく、母の遺体は司法解剖に付された。

「ずっと会わずにいたから、別にこれまでと変わらないような気もしてね。だけど、この部屋にはお骨があるし、お線香の匂いがしてるし――変な気分」

とにかく、祥子はこれで、本当の天涯孤独になった。今までだって、そのつもりで過ごしていたのに、自分でも不思議なほどの喪失感が、この数日の祥子を支配していた。悲しみというのとは違うと思う。心の中を妙に冷たい風が吹き抜けていく、足下《あしもと》の砂が洗い流されていくような、そんな頼りなさと虚しさだ。

「俺だって、いつかそのうち、会えると思ってたから」

彼は、祥子が他に身よりのないことも、母とは絶縁状態だったことも知っている。どちらからともなく、結婚の二文字が語られるようになったときに、彼は言ったものだ。これから新しい家族を増やせば良いではないか。それに、母とのことだって、いつかは互いの心が解《ほぐ》れて、もっと歩み寄れる時が来るかも知れないと。

「せめて、祥子の花嫁姿は見せたかったよ」

「あの人が、そんなものを見たいと思うかどうか、分からないけど。もともと縁がなかった人なんだもの」

「――それでも祥子の手でちゃんと送ってあげられたんだから、良かったよ」

「私は、特に何もしてないの。何だか知らないうちに色々な人が来て、全部、やってくれたっていう感じ」

実際、よく出来たものだと思う。何もかもが初めての経験だったのに、誰が連絡をしてくれたのか、いつの間にか葬儀屋が司法解剖を行った大学の研究室まで来ていて、「この度は」などという台詞を吐きながら、実にてきぱきと動き回り、気が付けば母は白木の棺桶に納まっていた。

それからは、まるでベルトコンベアーのように、母の遺体は病院から斎場へ、斎場から火葬場へと運ばれていき、最後には小さな骨壺へと納まった。その変化を見守っていたのは、祥子と、数人の知り合いだけという、葬儀と呼ぶにはあまりにも淋しい、惨めなセレモニーだった。せめて、母と付き合っていた人ぐらいは参列してくれても良いではないかと思ったのだが、近所の人の話では、一カ月ほど前に、母は恋人と別れたということだった。

「ほら、さっちゃんも知ってるんじゃないか、佐伯さ」

形ばかりの通夜の晩、祥子は母が店を借りていた大家から、久しぶりにその名前を聞いた。

「まだ、あの人と付き合ってたんですか」

祥子も幼い頃から知っている大家は、八年の間にすっかり老人になっていたが、それでも口調はしっかりしていた。

「年がら年中、喧嘩して、その度に別れる別れないなんてやってたけど、結局はまた元の鞘《さや》におさまるっていう感じでね。だけど、今度という今度は、きっぱり別れたって、そう言ってた」

そうですか、と答えながら、祥子は、だから母はやけ酒でも飲んでいたのだろうと考えた。祥子が短大を卒業する頃から付き合い始めていた佐伯に、母は捨てられたのだ。そうに違いない。

——自殺みたいなものじゃない。

そう思うと、素直に悲しむつもりにもなれなかった。

これまで一度だって訪ねて来るどころか、電話さえかけてくることもなかったのに、今、母は遺骨になって、祥子の部屋にいた。部屋中の雰囲気を変えてしまう線香の香りに包まれて、それは妙によそよそしく、だが、どこにいても自分を曲げず、わがまま勝手にふるまってきた母らしくも思えた。

「とにかく、やれやれ、だ。俺は何もしてやれないから、ただやきもきしてるだけだったけど」

「でも、本当に大変なのは、これからみたい。母の荷物とか、店のこととか、全部整理しなきゃならないから」

祥子は、初めてため息をつき、当分は仕事など出来そうにないだろうと言った。

「大丈夫か？　後で、がっくり来るぞ」

「だって、そうのんびりもしていられないんだもの。無駄な家賃だって払いたくないし、店の方は大家さんがいい人だから何とかなるかも知れないけど、マンションの方は、出るんだったら年内に出て欲しいって、不動産屋から連絡が入ったし」

彼は「年内？」と聞き返してきた。そういう言葉が出るようになると、本当に年の瀬も押し迫ってきているのだという気持ちになってくる。

「じゃあ、そっちの引っ越しと一緒になるじゃないか。ああ、もう部屋は決まったの」

まだだった。祥子自身、年内に新しい住まいを探して引っ越さなければならないのだ。何かと慌ただしくなるだろうと思っていた矢先に、こういうことになった。やはり、母という人はとことん自分の邪魔をするのだと思わないわけにいかなかった。

「オーディションが終わって落ち着いてから、探し始めようと思ってたのに、今度のことで、予定がすっかり狂っちゃって」

「まあ、しょうがないよ。人の生き死にだけは、こっちの都合通りにはいかないんだから」

だが、飲酒運転なんかしなければ、事故を起こすこともなかったのだ。すべては自分の責任ではないか。祥子の中には、その怒りが消えることなく燃え続けていた。こんな、みっともない話など、彼にだって出来ない。だから祥子は、母は車のスピードを出しすぎて、ハンドルを切り損なったらしいとしか伝えていなかった。

「とにかく、明日からでも探すわ」

彼と祥子とは、婚約してすぐに、これから建築するというマンションを購入した。そのマンションが、本当は先月の末には完成して入居できるはずだったのに、工事が大幅に遅れて、入居がずれ込んでいる。来年の四月までには完成するという連絡が入ったのは、祥子が現在住んでいるアパートを解約する手続きを終えた後のことだった。事情を説明して、何とか来年の春までは住みたいと申し出たのだが、このアパートも取り壊す予定だとかで、願いは聞き入れられなかった。結局、年内にはこのアパートを引き払い、マンションが完成するまでは、どこかで仮住まいをしなければならないことになっている。

「一人で大丈夫か？　俺、何とかして帰れるようにしようか。正月の休みを早めにとって」

「そんなこと、出来る？」

「――クリスマスの後くらいならっていうところかな」

「それじゃあ、間に合わないわね」

マンションも購入して、式の日取りも決まり、いよいよ新生活への準備に入ろうという矢先、彼は先々月からタイに長期出張することになった。現在のところ、来年の六月まで帰国出来ない予定だという。その結果、祥子たちは春に予定していた挙式も延期しなければならなくなったし、もしも四月にマンションが完成したとしても、真っ先に入居するのは祥子一人ということになる。

「横須賀のさ、実家に住むわけに、いかないのか」

「冗談言わないで。そんな遠くから仕事に通うのなんて嫌だし、第一、住みたくもないもの」

「どうして。懐かしいんじゃないのか」

「いい思い出なんか、何もないの。それに、八年ぶりに行ってみて驚いたんだ。母は、私の荷物も勝手に整理しちゃったみたいで、まるで違う部屋になってた。恋人と一緒に住むときに、きっと全部捨てちゃったのね」

「――そう、か」

「でも、まあ、その人と別れてくれた後で、まだ良かった。私、その人が大嫌いだったから」

「祥子も、知ってるの」

「だって、私の高校の先輩だもの。つまり、母は自分より十八も若い男と付き合ってたわけ。それで、先月、別れたんですって。きっと捨てられたのよ」

話していて情けなくなる。いつもそうなのだ。祥子にとって、母の話題は常にタブーだった。少しくらい良いことを言いたいと思っても、結局は恥をさらす結果になる。薄汚れた、醜い姿しか語ることがないと改めて気付かされる。だから祥子は、母のことを彼以外の誰にも語ったことがない。

「本当に恥ずかしくなる。自分の母親でありながら」

彼にだけは、会って間もない頃から自分でも不思議なほど素直に母の話をすることが出来た。それが、彼との出会いに運命のようなものを感じさせたきっかけなのかも知れないとも思う。だが、ごく普通の家庭で育った彼が、心の中で祥子の母のことをどう思っているか、それが不安だった。佐伯のことまで、つい喋ってしまいながら、祥子は、いくら彼に対してでも、これ以上の恥はさらしたくないと思った。既に骸《むくろ》になってしまったとはいえ、やはり母は、こうして祥子の頭をいためる存在であり続けるのだ。

「そんな部屋になんか住む気になれないもの」

「まあ、そうかな」

「とにかく、自分の引っ越しの方が先よね。だけど、母の荷物だって、一度に全部整理しきれるとは思えないし、大方のものは処分するにしても、残った荷物をどこに置いたらいいかと思って」

「ああ、そういう問題もあるか」

深夜割引を利用しているとは言っても、国際電話だった。あまり長話は出来ない。だが、祥子はそれからさらに十分ほども、引っ越しの件について彼に相談をした。

「たった三カ月しか住まないのに、高い家賃のところに住んだって、もったいないよな。敷金やら礼金やらで――」

「六カ月分はかかるわよね。それに、引っ越し費用」

「おふくろさんの荷物が増えるっていうことは、今よりも広いところに住まなきゃならないっていうことだろう？」

それで考えたんだけど、と、祥子は姿勢を変えて受話器を持ち直した。少しでも動くと、視界の隅に母の遺骨が入ってくる。

「必要なものだけ残して、トランクルームに預けちゃおうかと思って。三カ月程度のことだから、古くても汚くても我慢して、なるべく家賃の安い部屋に住む方が安上がりなんじゃないかしら」

「ああ、そういう方法もあるか」

「そうすれば、浮いた予算でそっちに行けるかも知れないしね。ああ、お正月はそっちで過ごすっていう手もあるわね」

「それならそれで、構わないよ」

祥子には現在、週に二日の割合で入っているレギュラーの仕事があった。地方のテレビ局で流す「こんな家、住みたい！」というハウジング情報だ。その他にも、ラジオで株式市況を読むという仕事も、レギュラーのアナウンサーがNGの日に限って引き受けているし、時折はコマーシャルの仕事も入る。スケジュールに余裕のある限り、オーデイションを受けて新しい仕事も取らなければならなかった。まとまった休みを取ろうと思えば、年末年始くらいしかないのが現状だ。

「無理しないで、探せよ」

「大丈夫。心配しないで」

電話を切った後、祥子は静まり返っている部屋で、ほうっとため息をついた。疲れている。心細い。だが、乗り切るしかない。

――これまでだって、一人でやってきた。

あてにするから心細くなるのだ。最初から、あてにしなければ、度胸も据わるというものだ。祥子は母の遺骨を、しげしげと眺めた。

「あなたのお陰で、強くなったこと」

最後の最後まで面倒をかけてくれる。その為だけの親子だったと、その思いばかりが祥子の心を支配していた。

3

数週間後、年の瀬もいよいよ押しつまった頃になって、祥子は引っ越しをした。予定通り、家財道具の大半はトランクルームに預けてしまって、身の回りの荷物だけを運び込んだのは、風呂もなければ手洗いも共同という、六畳一間の古いアパートだった。唯一の利点といえば、とにかく家賃が安いということと、さらに、春には完成する予定のマンションから、そう遠くないということだ。自転車にでも乗れば、ものの十五分程度の場所だったから、この後、引っ越す時は楽になるはずだった。

「でも、すごいの。二階の人が歩くと、天井がみしみしって鳴るんだから。窓枠も木だし、風向きによってはかたかた鳴って、すきま風が入ってくるみたい。ドアなんか、鍵なんかなくても体当たりすれば開きそうよ」

新しい電話を引いて、ようやくタイに報告の電話を入れると、彼は、いくら何でもそこまでしなくても良かったのではないかと、心配そうな声で言った。

「大丈夫かよ。周りは物騒じゃないんだろうな」

「不動産屋さんの話だと、お年寄りが多いみたいだけど、今のところ誰にも会ってない。それに、大した物は持ち込んでないから、泥棒に入られても盗られる物もないしね。この分だと、旅行も気楽に出来そうかな」

「それで、おふくろさんの方は？　店の方は居抜きで明け渡すことにしたんだろう？」

「部屋の方もね、家具とか、大体の物は大家さんに頼んで処分してもらうことにしちゃった。どうせ、残しておいても後で困るし」

衣類などは全部捨てて、かなりの荷物を減らしたつもりだったが、細々《こまごま》とした物だけでも、相当な量があった。ゆっくりと時間をかけなければ整理出来そうになかったから、それらの荷物は、とりあえず箱に詰めて持ち出した。このアパートにも、大きな段ボールを二個だけ持ってきてある。

何しろ、母がこの八年間、どういう生活をしていたのか、祥子にはまるで分からない。早い話が銀行の通帳や印鑑の類まで、どこに何があるのかも分からなかった。運び出した段ボール箱には、まるで整理されていない写真や、何かの帳面、それに、祥子にも見覚えのある、古い化粧ポーチなどが乱暴に詰め込まれているはずだ。

「ゆっくり、整理すればいいよ」

「どうせ春にはまた引っ越すんだもの。後からするわ」

本当は、母の遺品ともいえる数々を、いちいち手にとって眺めるのが嫌だった。それは、ひどく気の重い作業になるに違いないのだ。

母は死んだ。

その一言を、祥子は日に何度となく嚙みしめている。だが、いくらそのことを自分に言い聞かせ、祥子と一緒に見知らぬ町に引っ越してきた母の遺骨を眺めても、一向に、その実感は湧いてはこなかった。それでも、遺品の整理など始めてしまったら、今度こそ本当に取り返しのつかない現実に打ちのめされるかも知れない、改めて母と向き合わなければならなくなるかも知れない。それが怖かった。とにかく今は、数日後に迫ったタイ行きのことだけを考えていたい。

「お願いね、ちゃんと迎えに来てよ」

「分かってるって。大丈夫だよ。『歓迎・小出祥子様』っていう札でも持って、待っててやるよ」

彼の声は、屈託がなかった。一流の大学を出て、大手の企業に勤めている彼の存在を、もしも母が知ったら、どんなに驚いたことだろう。ひょっとしたら、嫉妬でもされかねなかったかも知れない。そんなことを考えながら、祥子は彼との再会を思い、久しぶりに心を弾ませていた。

楽しい時はすぐに過ぎてしまう。年が明けて、少しばかり新婚気分を味わうことの出来たタイから帰ってくると、祥子は再び一人になり、生活は日常のものに戻った。短い間でも彼と過ごした時は、祥子の日々を余計に味気ない、孤独なものに感じさせた。

部屋に作りつけの流しには、脇にコンロがあるばかりで調理台もなく、小さな流しにまな板を斜めに渡して使うのがせいぜいだった。洗濯機は、どうせ新居に移ったら新しい物を購入しようと思って処分してきてしまったから、銭湯に行く度に、併設されているコインランドリーを利用することにした。

家具らしい家具といえば、一人暮らしを始めたときに買った安物の押入簞笥《たんす》と、小さなコタツ、食器棚に今時珍しいと言われるビニール製のファンシーケース、ドレッサー、それにテレビやビデオを収納するラックだけだったが、それでも部屋は窮屈に感じられた。母の遺骨は、テレビラックの上に、白いハンカチを敷いて置いてある。

日当たりだけは良いアパートは天井が低くて、息詰まるような圧迫感があった。仕事も入っておらず、どこといって出かける用事もない日など、祥子は一日中、その部屋で誰とも話さずに過ごした。妙な倦怠感がある。友人に会うつもりにも、気軽に買い物をして歩く気にもなれなかった。

日を追って、母の死に何かの意味を見つけようとし始めている気がした。この倦怠感、気の重さの原因を探りたかった。母とはどんな存在だったのか、母の人生とは何だったのか、自分は母に対して憎しみ以外に何かの感情を抱いていたのか、あらゆることが靄《もや》のように頭の中を漂い続けていた。

――生きていて邪魔をされるのと、死んでから、こうしてまとわりつかれるのと、どちらが良いのだろうか。

とにかく気がつくと、母のことを考えてしまっている。それが自分でも半ば情けなく、腹立たしかった。

冷たい風が吹く寒い晩など、祥子は背中を丸めてコタツに入り、テレビの上に置かれている母の遺骨を見て、ふと妙な気になった。これは、確かに母の骨だ。火葬場までついていったのだから間違いない。だが、本当なのだろうか。あの母が、本当に死んだのだろうか。

――痛かった？　苦しかった？

医者の話では、泥酔に近い状態で、猛スピードのまま電柱に激突した母は、ほぼ即死だったというから、痛みも苦しみも感じなかったはずだという。それを考えると、では、母は今でも自分が死んだことに気付いていないのではないかなどと思ってしまう。

「四十九日は軒先にとどまるとか言うらしいから、まだ傍にいるかも知れないよな」

　国際電話の向こうから、彼はそんなことを言った。祥子は「本当？」と言いながら、二の腕が粟立《あわだ》つのを感じた。

「怖いこと、言わないでよ」

「その間に、祥子が言い聞かせてやらなきゃならないんじゃないか？　もう、この人生は終わったんですよ、ちゃんと成仏するんですよってさ」

　そう、あなたはもう死んでしまった。だから、今回の人生は、そう良いものでもなかったと、諦めをつけるべきだ。彼の言葉を聞きながら、祥子はさっそく母に呼びかけることにした。

「きっと感謝してくれてるさ。最後に会いに来てくれて、ちゃんと送ってくれたんだから」

　そんな可愛げのある母だろうか。だが、死んでしまってから「ありがとう」と言われても、その言葉は祥子には永遠に届きはしない。

「おふくろさんなりに、苦労の多い人生だったんだと思うよ。だから祥子も、もう許してやれよ、な」

「苦労っていったって、あの人の場合は自分で望んでそうなったんだもの」

　横須賀の場末に二十坪足らずの店を持っていた母は、もともとは十代の頃に家出をしてきて、横須賀をうろついていたらしい。やがて、酒場で働くようになり、祥子の父とはホステスと客という関係で知り合ったという。そうした話を、祥子は幼い頃に、母のホステス仲間から聞かされた。

——皆は反対したのよ。だけど、もう手遅れだったっていうわけ。

本当の意味は分からないまでも、幼い祥子はあの時本能的に、自分が望まれて生まれてきた子どもではなかったことを知った。

「取りあえず、俺は祥子のおふくろさんに感謝してるんだ。何たって、祥子を産んで、育ててくれた人なんだから。マンションに越したら、新しい仏壇、買おうな」

その夜、布団に入ってから、祥子は改めて彼の言葉を思い出した。こうしているところも、母の霊は見ているというのだろうか。既に肉体を失って、闇の中を漂うだけかも知れない母に、一体何を語りかければ良いのだろう。自業自得、身から出た錆でしょうと、そんな言葉しか思い浮かばなかった。

風邪が流行《はや》っていた。祥子はいつにも増してうがいの回数を増やし、加湿器を買い込んで、寝るときも喉を冷やさないようにスカーフを巻くようにした。ことに、風呂上がりに身体を冷やしてはならないから、厚手の靴下や下着を用意し、毛糸の帽子とマスクを持って毎晩銭湯に行くのは、一苦労だった。

こんなにも春が待ち遠しいと思ったことは、かつてなかった。祥子は、壁にかけられた唯一の装飾品にもなっているカレンダーを眺めながら、ひたすら暖かくなるのを待ち続けた。

4

節分が過ぎ、遅い雪が何度か降って、陽射しだけは徐々に春めいて感じられる頃になった。仮住まい気分から抜けきれない祥子は、アパートで過ごす間は何となく足音さえ忍ばせる習慣がついていた。時折、誰かがドアをノックすることもあったが、知り合いが来るとも思えないし、何かの勧誘に違いないと思って、一度も出たことはなかった。

その日も、昼近くなってから仕事に行こうとしているときに、ドアがノックされた。祥子は化粧する手をとめて、息をひそめた。はなから出る気などないのだから、相手が誰であろうと、とにかく諦めてくれることを願うばかりだ。祥子は、何度か繰り返して聞こえた、こんこん、という控えめな音を聞き流しながら、そっと化粧を続けた。

身支度を済ませ、予定の時間にアパートを出て鍵をかけていると、すっと背後に人の気配を感じた。何気なく振り返った祥子は、その瞬間、全身が凍り付いたようになった。男は「よう」と軽く手を上げた。

「やっぱ、いたんだ」

淡いグレーのコートを着て、襟元から白いマフラーを見せている男は、髪型のせいだけとも思えないほどに、以前とはずいぶん印象が変わっていた。

「どう、元気」

こめかみの辺りがかっと熱くなる。舌打ちしたいような苛立ちと、背中から力が抜けるような絶望感、それに恐怖心とが、同時に祥子を襲った。

「——何してるんですか、こんなところで」

「何してるって？　さっちゃんに会いに来たに決まってるじゃないか」

「——」

「いやあ、探した、探した。やっと見つけた」

「私、これから仕事なんです」

男を振り切るようにして歩き始める。だが、男はいかにも身軽な様子で祥子と肩を並べてついてきた。胸の鼓動が速まっているのが分かる。

「アナウンサーなんだってな」

「——」

「テレビとかさ、出てないの」

「——」

「何か、番組、やってる？　ＣＭでもいいや。どういうのやってるか、教え——」

「佐伯さん」

相手の言葉を遮り、祥子は立ち止まって男を見上げた。単に老けただけなのか、それとも世間ずれしたのか、佐伯は、とても三十歳には見えない、妙な落ち着き方をしていた。

「ご用件は」

佐伯は頷く代わりに、微かに眉を動かした。昔はきらきらと輝いて、真っ直ぐで澄んでいた瞳が、今やすっかり濁っている。

「あのさ――大変、だったな」

「――」

「俺さ、ちっとも知らなかったんだ。ちょっと旅行してたんだよ。香港とかシンガポールとか、ツアーでさ」

「――」

「それで、帰ってみたら、清子が死んだっていうだろう？『嘘だろう！』って感じで、どうして誰も教えてくれなかったんだって怒ったんだけどさ」

あんなに素敵な人だったのに。輝くばかりの未来があったはずなのに。祥子は、早くも中年に見える佐伯から視線を逸らした。

「ちょっとさ、色々あったんだよ。それで、面白くなかったんでさ――」

だが、彼がこんな風になってしまったのは、本人の責任ばかりとは言えないのかも知れなかった。その元凶となったのが、他ならぬ祥子の母かも知れないのだ。よりによって母なんかと付き合って、だらだらした関係を続けた結果、彼は今のようになってしまった。それは、間違いがない。

「これまでだって何回かあったんだ、一カ月や二カ月ぐらい、留守にすることなんてさ。

別に、珍しいことじゃなかったんだよな。それが、今度に限って、戻ってみたら店もマンションももぬけの殻だろう？　もう、焦ったのなんのって、急に死んだなんて聞かされたって、そんな簡単に信じられっこないしさ、とにかく必死で探し回って、やっとさっちゃんのアパート見つけたら、そこも引っ越したっていうしさあ」

祥子は、ぺらぺらとまくし立てる佐伯をちらちらと見ながら、そういえば、この男によって初めて、「無念」という感覚を学んだことを思い出した。

「なあ、俺たち二人、残されちまった者同士じゃないか。一緒に清子の思い出を語り合えるのは、さっちゃんと俺だけだろう？　さっちゃんだって、もう身よりもなくなったんだから、これからは助け合って——」

「冗談言わないでっ！」

それだけ言うと、祥子は広い通りに向かって走り出した。「おい待てよ！」という声が追いかけてきたが、通りに出る頃には、背後からついてくる靴音も聞こえなくなった。息を弾ませながら、ようやくやってきたタクシーを止め、大急ぎで乗り込むと、祥子は激しく咳き込んだ。夢中でバッグからのど飴を取り出す。いつまでも動悸がおさまらなかった。

——別れたんじゃなかったの。

頭の中で何かが渦を巻いているようだ。まさか今頃になって、あの男が現れるとは思わなかった。もう既に無縁な存在になったものと思っていた。それだけでも、胸を撫で下ろしていたのに。

　高校時代の佐伯は、男子生徒の中でも目立つ存在で、女子生徒の人気もあり、一年生の祥子も密かに憧れていた。そんな彼が、どういう理由からか母の店に出入りしていることを知ったのは、祥子が短大の二年になった頃のことだ。佐伯の名前さえ忘れていた祥子は、最初、母の口からその名前を聞いたときにも、すぐに思い出すことなど出来ないくらいだった。

「今日あたり、懐かしいご対面が出来るんじゃない？　ここんとこ、毎日来てるからさ」

　祥子が高校に進学した当時から、母は学費を出す代わりに店の手伝いをするようにと言うようになった。高校生の時は、たとえ親の店でもホステスがいるような店でアルバイトしていることなどが知れたら退学になるからと、家の仕事を引き受けることで勘弁してもらったが、短大生になってからは、週に二度だけ店に出ることを強要された。もちろん、「ママの娘」ということで、客の隣に座ったり、一緒に踊ったりはしなかったが、簡単なカクテルの作り方を教わって、バーテンダーの真似事をしたり、レジに立たなければならないのは、祥子にとって苦痛以外の何ものでもなかった。

「あれ、そういえば何となく覚えてるような気もするなあ」

　その夜、母の予言通りに現れた佐伯は、慣れた手つきで煙草をくわえながら、しげしげと祥子を見て笑った。祥子は複雑な気持ちで、数年ぶりに見るその笑顔を受け止めたものだ。学生服の彼しか見たことのなかった祥子の目に、ラフな服装で酒を飲む佐伯は、妙に突っ張って、半ば無理をしているようにも見えた。

母が佐伯を気に入っているということは、一目見て分かった。祥子が見ていてもお構いなしの様子で、べったりと佐伯に寄り添い、肩や胸に手を這わせる母は、当時、それまで付き合っていた男と別れて間もなかった。

——また始まった。

母は、いつも苦労ばかりの人生だと言い続けていたが、それは、大半が男での苦労だった。次から次へと新しい恋人を作り、結局は金の工面をさせられたり、良いように利用されて捨てられる。その繰り返しだったのだ。

祥子には、何となく分かり始めていた。母は、ろくな男に出会わないと嘆くが、実際は母自身が男を駄目にしているのではないか、ということだ。束縛し、甘やかし、捨てられたくないばかりに金を貢いで、男から働く意欲や堅実な考え方、誠意までも奪ってしまい、結局は母自身が痛い目に遭う。既に母のようにだけはなるまいと自分に言い聞かせていた祥子は、そんな母を、かなり冷ややかに見るようになっていた。

だが、今度ばかりは黙って見過ごすわけにはいかなかった。相手は母よりも十八も若い、学生ではないか。そんな関係が良い結末を迎えるとは思えなかったし、佐伯の為にもならないに決まっていた。

母が他の客に呼ばれている隙に、祥子は佐伯に近付いた。あの時、自分を包んでいた空気や流れていた音楽、佐伯の前に置かれていたグラスの形まで、祥子ははっきりと思い出すことが出来る。

「佐伯さんらしく、ないと思うけど」

　祥子なりの親切心のつもりだった。佐伯は、少しの間こちらを見つめた後、「そうかな」と答えた。

「まともな学生が来るような店じゃないわ、こんな場所」

だが佐伯は、半ば責めるような表情で、自分の母親の店をそんなふうに言うのかと上目遣いに祥子を見た。

「ママ、嘆いてたぞ。この店のお陰で一人前に育ったのに、君はこの店を目の仇《かたき》にして、親の仕事を恥じてるんだって」

　佐伯は、それから祥子の母を褒めそやした。今どきの若い娘よりもよほど純粋で可愛らしい、チャーミングだ、さっぱりしていて気持ちが良い、などなど。祥子は、自分の母を褒められているとも思えない不快感を抱きながら、思い切って言ったものだ。

「それでも、あの人は私の母親なの。おかしなことに、ならないで欲しいの」

　佐伯は、悪戯っぽく見える笑みを浮かべて、「心配するなよ」と答えた。母が朝まで帰らなくなったのは、その翌週のことだ。帰ってくると母は悪びれた様子もなく、鼻歌混じりで「しょうがないじゃない」と言ったものだ。

「好きになっちゃったんだもの」

　あの時ほど無念に感じたことはない。やがて佐伯は、時にはカウンターの内側に入ったりして、店のマスターを気取り始めた。佐伯の両親が乗り込んできたこともある。二人の間には喧嘩が絶えないようだった。すべての雑音から切り離されたくて、祥子は家を出る決心をした。

――もう、何もかも関係なくなると思ってたのに。

その日は仕事にも今ひとつ身が入らず、祥子は立て続けにNGを出した。

「彼氏と喧嘩でもしたの？　新婚ボケには、早いんじゃないのか」

生番組ではないから良かったようなものの、ディレクターからは皮肉混じりの言葉をかけられ、スタジオを出る頃には、祥子は風邪でもひきそうな気分だった。

もしも、待ち伏せでもされていたらどうしようと思ったが、重い足どりでようやく帰り着いたアパートは、いつものように闇に沈み、辺りに人影は見あたらなかった。

「――冗談じゃ、ないから。私には関係ないんだから」

恨めしい思いで母の遺骨を見上げながら、祥子は口に出して呟いた。

5

最初の数日は、警戒して過ごしていたが、佐伯はそれきり現れなかった。一週間が過ぎ、十日が過ぎて、やれやれ、これで安心かも知れないと思った矢先に、だが、彼は再び現れた。

「この前は、驚かせちゃったみたいで、反省してるんだ」

明るいうちに銭湯に行こうとアパートを出た祥子の前に立ちはだかって、佐伯は必要以上に愛想の良い笑みを浮かべていた。

「だけど、さっちゃんだって、あんまりじゃないか？　何もあんなふうに逃げることも、ないじゃない」

「——あの日は、仕事でしたから」

すると、佐伯はわずかに目を細め、祥子の全身を見回して、「今日は違うみたいだな」と言った。片手に洗面器を抱えて、洗濯物を入れた袋を提げている格好は、誰が見ても銭湯通いとしか思えないだろう。ついてない。祥子は、絶望的な気分で佐伯を見返した。

「何なんですか？　母とのことは、私には関係ないですから」

「だけど、店とかマンションとか処分したのは、さっちゃんだろう？」

「——他に、誰がいるんです」

そこで、佐伯はちらりと周囲を見回して、ふいに祥子の腕を摑んだ。全身に電気が走るほど、びくりとなった祥子を道端の電柱の傍まで引き寄せると、佐伯は「何もしやしないよ」と押し殺した声で言った。

「俺の用っていうのはな、さっちゃんが処分した荷物のことだ」

「——全部、売りました」

「だけど、細々したものが、あったはずだろう？　俺の物なんかも、混ざってたと思うんだがね」

　間近で見る佐伯の顔は、わずかにむくんでいるようで、見るからに不健康そうだ。かつては女子高生の憧れの的だった男は、考えてみればタイに出張中の彼と同い年のはずだった。

「俺さ、清子に預けておいたものがあるんだよな。何だか分かる？」

「――」

「通帳。銀行のな、通帳」

「――そんなもの、見なかったわ」

「それから、腕時計とかさ、ベルトだろう？　サングラス、タイピンとか、まあ、どれも清子が買った物だけどさ、俺の物には違いないわけ」

　そんな物があっただろうか。祥子は、年の瀬になって慌ただしく母の部屋を整理したときのことを懸命に思い出そうとした。だが、男物と思われるものは何一つなかった。祥子は、内心でほっとしていたのだ。もしも、見知らぬ男の荷物が溢れていたら困ると思ったのに、何もなかったことだけが、唯一の救いだった。

「それ、返して欲しいんだよね」

　佐伯はにやにやと笑いながら、「当然だろう？」と言った。祥子は繰り返して、そんな物は見なかったと言った。すると、佐伯の表情がぴくりと変わった。一瞬、殴られるか、または刺されるのではないかと思うほど、異様な迫力で、佐伯は「そんなはず、ねえんだよ」と言った。

「――もう一度、探してみます」

それだけ言うのが、やっとだった。佐伯は、再び柔らかい表情に戻って、「頼むよ」とにやりと笑った。

「何だったら、俺も手伝うからさ」

それから、佐伯は自分の携帯電話の番号を紙に書いて祥子に手渡した。

「さっちゃんは、俺に電話番号なんか教えたくないだろう？　だから無理には聞かないからさ。ちゃんと電話してくれよ、いいな」

祥子が頷くのを確かめて、佐伯はゆうゆうと去っていった。その、ふてぶてしい後ろ姿を見送りながら、祥子は泣き出したい気持ちになっていた。

銭湯から帰ると、祥子はさっそく押入にしまい込んだままになっていた母の荷物を取り出すことにした。トランクルームに預けたのは、台所用品や雑貨の類ばかりだ。もしも、佐伯の持ち物が紛れ込んでいるとしたら、このアパートに持ち込んだ箱に入っているとしか考えられなかった。

本当は、まだ当分の間は触れたくもなかったのに、こうなったら仕方がない。ついでに、捨てられるものはすべて捨ててしまおうと心に決め、まず一つ目の箱に手を伸ばす。ガムテープをはがして開いた途端、微かに香水の匂いが漂った。まるで、魔法のランプから出てくる魔人のように、母の姿がふわりと浮かび上がった気がした。

──駄目よ。あなたはもう、何も出来ないんだから。

無意識のうちに母に呼びかけながら、祥子は脇にゴミ袋を用意して、捨てられる物はすぐに放り込めるようにしてから、箱の中の物を順に取り出し始めた。

常連客の名刺の束。捨てる。使いかけの伝票類。捨てる。郵便物や領収証の束。捨てる。古い化粧ポーチ。中身を改めてから捨てる。演歌のカセットテープも、古いレコードも、観光土産らしい小さな人形や置物の数々も、ためらうことなくゴミ袋に放り込む。そうして大半の物を捨てたとき、大きめの桐の箱が出てきた。手に取ると、さほどの重さでもない。もしかすると、この中に佐伯の持ち物がひとまとめにしてあるのかも知れない。祥子は、その箱を膝の上に置き、きっちりと閉まっている蓋を外した。

「──」

しばらくの間、手を伸ばすことも出来ずに、祥子は箱の中を眺めていた。ちょうど煎餅の缶くらいの大きさの箱には、淡い黄色やピンク色が溢れている。すべてが驚くほど小さい、毛糸の靴下やフードなどだった。

そっと手を伸ばし、祥子は一つ一つを取り出し始めた。フリルのついたケープ、アップリケをしたよだれかけ、それに、レースのミトン。胸が詰まりそうで息が苦しい。どうして、こんな気持ちにならなければいけないのだろう。第一、これが誰の物だったかなんて、分からないではないか。それなのに、胸が高鳴って仕方がない。祥子は、震えそうになる手で、箱の中の物を取り出し続けた。すると、真ん中辺りに、真っ白いキルティングの布に包まれている塊があった。いつの間にか涙さえ浮かべながら、祥子は案外持ち重りのする包みに手を伸ばした。

ゆっくりと布を解《と》くと、まず出てきたのが一枚の白黒写真だった。背の高い白人の男が、チェックのワンピース姿の若い女の肩を抱いている。女の腹は大きく膨らんでいた。二人は、この上もない笑顔で、いかにも幸福そうに見えた。祥子は唇を噛んで、その写真を見つめた。臨月も間近だと思われるその女こそ、間違いなく若い日の母だった。

――母さん！

陽が傾き始め、部屋には夕暮れが忍び寄ってきていた。祥子は唇を震わせ、嗚咽《おえつ》を洩らしながら、その写真を眺めていた。本当に取り返しのつかないことになった。母は死んでしまったのだということが、初めて実感として祥子を襲っていた。もっと聞きたいことがあったのに。話したいこともあったのに。ティッシュで何度も鼻をかみ、涙を拭きながら、祥子は写真を裏返してみた。

『ビリーの置きみやげ。これからは私が自分で、私とベイビーを守らなきゃならない』

鉛筆書きの、稚拙な文字が並んでいた。

ビリー。

それが、父の名前なのだろうか。祥子は改めて写真の表を返し、そこに写っている白人の青年を見つめた。

頭が混乱してくる。父のことなど、考えたこともなかったのに。母は、子どもなど産まなければ良かったと言っていたではないか。それなのに、どうして今更こんな物が出てくるのだ。胸が苦しくてならない。涙がとまらなかった。

祥子は、泣きながらさらに布を解いた。そして次の瞬間、我が目を疑った。

――拳銃？

小さいが、それは間違いなく拳銃だった。これが、父の置きみやげだというのだろうか。自分が去った後、母と祥子を守るために残していったというのだろうか。

「――ずるいよ。お母さん、何も言ってなかったじゃない。お父さんのことだって、名前一つ教えてくれなかったくせに。今頃になって、こんな――」

それからしばらくの間、祥子はただ呆然と、その拳銃と写真とを眺めていた。

その夜、祥子はタイの彼に、父の写真が出てきたことだけを話した。少し迷ったが、やはり拳銃のことは言えなかった。そんな物騒な物を持っていると知ったら、また彼が慌てるだろう。離れている相手に、余計な心配はかけたくなかった。彼は、祥子が泣きながら話すことにいちいち相づちを打ち、「よかった」を繰り返した。

「だけど、どうして急に荷物の整理なんかしようと思ったんだ？」

「――何となく。いらない物があったら、どんどん捨てちゃおうと思って」

やはり、ここでも嘘をつかなければならなかった。だが、佐伯のことなど話したら、彼はもっと心配する。

「親子三人で写ってる写真だね」

彼の言葉に、祥子はまたもや目頭を熱くした。そう、見えないけれど、確かに祥子も写っている。両親は幸せそうだった。ビリーという男は、母が妊娠したから逃げたというわけではなかったのだ。

「ちゃんと、額に入れておけよ。今度帰ったら、俺にも見せてな」

「もちろん。私が赤ちゃんの時に着ていた服も、見せるわね」

「お母さんも、淋しかったんだ。だけど、祥子の親父さんを越える人は出てこなかったんだろうな。二十歳で母親になって、ビリーっていう人もいなくなって、心細かったに違いないよ」

これまで、母のことが話題に上る度に、苦々しい不快感に包まれていたのに、祥子は生まれて初めてに近い穏やかな気持ちで「そうね」と答えることが出来た。だが、その一方では、あの拳銃と、やはり佐伯のことが引っかかっていた。もう一つの段ボール箱も開いてみたのだが、母のアクセサリー類は出てきたものの、男物の装身具はもちろんのこと、預金通帳も出てこなかった。

「そんなはず、ねえんだよな。だったらさ、清子が勝手に処分しちゃったっていうことか？　困るんだよなあ、そういうことされるとさ」

翌日、佐伯の携帯に電話を入れると、祥子はまず、そう言われた。

「ちゃんと探してくれたのかよ」

「もちろんです。ちゃんと探しました。でも、佐伯さんの物は、何一つとして見つかりません」

電波の状態の良くない携帯電話から、佐伯の舌打ちらしいものが聞こえてきた。

「じゃあさ、どうしてくれる」

「どうって――」

「清子が死んじまったんなら、しょうがないから、さっちゃんが弁償してくれるか」

「弁償っていったって」

「二百万。いや、百五十万で、いいや」

その時、祥子は悟った。佐伯は最初から預金通帳や荷物など、預けていなかったのに違いない。ただ、祥子の母という金蔓《かねづる》を失って、今度は祥子にたかろうとしているのだ。そうに違いない。

「そんなもの、払う必要ないと思います。それに、本当に荷物はありませんでした。佐伯さんの考え違いなんじゃないですか」

それだけ言うと、祥子は相手の反応も待たずに、急いで電話を切ってしまった。せっかく、母への気持ちが解けそうだというときに、こんな面倒を残してくれたのかと思うと、やはり苛立ちが募った。

こうなったら、佐伯が言いがかりをつけているという証拠を摑むより他にない。あれこれと考えた挙げ句、数日後、祥子は横須賀に向かうことにした。

「ああ、佐伯がさっちゃんのところに行ったの。あんなヤツの言うことなんか、嘘っぱちだよ」

　他に相談できる相手も思い付かないまま、店の大家を訪ねると、老人は苦虫を嚙みつぶしたような表情で言った。

「荷物なんか、残ってるはずがないって。この前も言ったけどさ、清子ちゃん、今度こそきっぱりと切れたって、そう言ってたからね。あいつを追い出したときには、手切れ金まで払ったって」

「手切れ金、ですか？」

「あいつは、貯金どころかサラ金からも追われてるような男だったよ。清子ちゃんは、その尻拭いばっかりさせられてたんだ。店の売り上げは持ち出すし、どこか他で働けっていったって、何をやっても長続きしなくてさ、清子ちゃん、ほとほと参ってたよ。『やっと娘が独り立ちしたと思ったら、とんでもないお荷物を背負い込んだ』って、よくこぼしてたな」

　大方そんなことだろうとは思っていた。祥子は、改めて母を哀れに思った。自業自得なことは間違いがない。だが、よりによって、どうしてこうも男運がなかったのかと思う。

「五十前に人生をやり直したいって、清子ちゃん、そんなこと言ってたんだ。だから、部屋まで借りてやってさ、やっと追い出したんだから。荷物なんて、その時に一緒に放り出したはずだよ」

二十年以上にわたって世話になった大家の話に嘘はないはずだった。やはり、佐伯は祥子に狙いをつけてきたのだ。

「とにかく、悪い噂の絶えない奴だったからね。ダニだ、ダニ。さっちゃんも、気をつけなきゃいけないよな」

祥子は、暗澹《あんたん》たる気分で横須賀を後にした。何といっても、自宅を知られてしまっている。これでは逃げようがなかった。思い切って、もう一度電話をするしかない。

「母は新しいアパートまで借りてあげたそうじゃないですか。その時に、荷物も全部処分したはずだって、聞きましたけど」

単刀直入に切り出すと、佐伯は電話では埒《らち》が明かないなと言った。

「分かった。そっち、行くわ。今、仕事が忙しいからすぐには無理だけど、折を見て」

「来ていただかなくて、結構です」

「うるせえなっ、行くって言ったら、行くんだよ！」

それだけ言うと、今度は向こうから一方的に電話を切られた。祥子は、絶望的な気分で母の遺骨を眺めた。

――どうすればいいの。ねえ。

テレビラックの上には、母の遺骨と一緒に、若い頃の母とビリーが写っている写真が飾られている。荷物を整理するうちに、他の写真もかなり出てきたが、ビリーが写っているのは、その一枚だけだった。

——父さん。どうすれば、いいのよ。

祈るような気持ちで、祥子は写真を眺め続けていた。

6

それからしばらくの間は、何事もなかった。だが、いつ佐伯がやってくるか分からない。二月の残された日々を、祥子は、部屋の外で物音がする度に、全身の神経を尖らせ、緊張したままで過ごした。ようやく三月に入って、心なしか寒さもゆるみ、雛あられだけを買い求めてささやかな雛祭りをした頃には、祥子はぐったりと疲れ始めていた。

「何だか最近、元気がないな」

何も知らない彼は、電話で話す度に祥子の体調を心配した。祥子は、疲れが出てきたのだろうとごまかし、とにかく今は一日も早くマンションに移りたいとだけ言った。

「本当だよな。住むところが落ち着かないと、疲れるもんなあ」

「あとひと月の辛抱だもの。何とか乗り切るしかないけど」

その時は、絶対に帰国するからという彼の言葉にすがりたい思いだった。願わくは、あとひと月、引っ越すまで佐伯が来ませんように。何の仕事をしているか知らないが、あと月、忙しくしていてくれますように。母の遺骨に向かって、祥子はそんなことばかり祈るようになった。

東京に春一番が吹いた晩だった。突然、ドアが激しくノックされた。小さな音量でテレビを見ていた祥子は、全身を凍り付かせた。だんだん、だんだん、とドアが叩かれる度に、部屋の空気が震える。隣近所を気にしてか、相手は何の声も出さなかった。だが、こんなことをするのは佐伯以外に考えられない。祥子は動かなかった。無理矢理にドアを破るような真似をしたら、その時は一一〇番するしかないと思いながら、ひたすら息を殺していた。

十分ほどして、ようやく静かになったときには、両手に汗を握っていた。どうして、こんな目に遭わなければならないのだ、これでは自分が何か悪いことでもしたみたいではないかと思うと、やはり腹立たしい。だが、母を責めるつもりにはなれなかった。母だって、さんざん嫌な思いをしたのだ。もう、解放してやっても良いだろうと思った。

それからは、三日に一度ほどの割合で、佐伯はやってきた。最初のうちは、ただドアをノックするだけだったが、やがて祥子の名を呼んだり、「開けてくれよ」などと言うようになった。

「いるのは分かってんだからさ、直接、話す為に来たんじゃないか」

佐伯の口調はそれなりに穏やかなものだったが、回数が重なるにつれて、徐々に苛立った声になってきているのが分かった。

「何だっていうんだよ。顔を出すくらい、いいだろうっ」

何を言われても、祥子はひたすら身を固くしていた。どうすれば諦めてくれるのだろう、自分が言いがかりをつけているのに、どうしてこうも自信たっぷりなのだろうと思うと、今更ながらに佐伯という男が分からなくなる。とにかく、かつて制服姿で笑っていた、あの佐伯はどこにもいなくなっていた。母と関わったからか、本人の性格か、今の佐伯は、ただのチンピラだった。

「もらうもん、もらえりゃあ、文句はないって言ってんだよ！　相談にも乗ろうって言ってんだ！」

佐伯が来るのは決まって午後十時過ぎだ。こんな時間にやってきては、大声を張り上げていく男を、近所ではどう思っていることだろう。祥子自身のことだって、どう思われているか分からない。祥子は恐怖と恥ずかしさとで、身が縮む思いだった。

「この野郎！　開けろって言ってんだよ！」

その晩、ついに破れ鐘のような声を出されるに及んで、祥子ははっきりと身の危険を感じた。もしも、本当にドアを蹴破って来られたら、一一〇番などしている余裕はない。

「泥棒！　この野郎！」

何とかして身を守る方法はないだろうか。震えながら狭い室内を見回しているうち、ふと、目に付いたものがあった。

かつて、赤ん坊だった祥子を包んでいたはずのおくるみに包まれていた、父の置きみやげ。小さいが、本物に違いないだろう。脅しくらいにはなるかも知れない。いざとなったら、あれを向けるより他にない。物音をたてないように、そっと室内を移動して、祥子は押入箪笥にしまい込んであった桐の箱を取り出した。

「おいっ、祥子!」

手が震えている。こんな物を持っていることが分かったら、間違いなく警察に通報されるだろう。そうなったら、彼との結婚も駄目になるに違いない。新居へ越す代わりに、刑務所に行くことになるのかも知れない。それでも、自分の身を守る為ならば仕方がなかった。ここで、佐伯に変なことをされれば、警察に捕まる以上の屈辱を味わうことにだってなりかねないのだ。

——守って。

祈るような気持ちで、祥子は拳銃を手に取った。冷たくて重い感触が、手のひらの汗を吸うように感じる。心臓の音が耳の中で響いていた。

「畜生っ、また来るからなっ。逃げられると思うなよ!」

捨て台詞を残して佐伯が去った後も、なお一時間以上は、祥子は拳銃を握りしめたまま、身を固くしていた。こんな日々が続いたら、ノイローゼになる。パニック状態になって、本当に拳銃でも撃ちかねないと思った。がっくりとうなだれたまま、祥子はその晩、タイに電話する気分にもなれなかった。その代わり、布団に入ってからも、ひたすら母に向かって話しかけた。

——母さんだって、私にこんな思いはさせたくなかったでしょう?

だから何とかして。あの男を、どうにかして。眠りにつくまで、祥子はひたすら願い続けた。

「俺にも考えがあるからなっ！　出るところに出たって、構わねえんだぞっ！」

数日後、またもや佐伯の怒鳴り声が夜の町に響き、恐怖のあまり、悲鳴さえ上げそうになるのを必死でこらえて、今度こそ本当に限界だと思った日に、彼から電話が入った。

「不動産会社に連絡してみたんだ。そうしたら、工事はまだ完了してないけど、どうしても急ぐんだったら、すぐに入居出来るって」

「本当？」と聞きながら、祥子はほとんど涙ぐみそうになっていた。

「引っ越す。明日にでも、引っ越すわ」

「だけど、そうなると俺、帰ってやれないよ」

「いいの。大きな荷物を運びこむのは後からでも構わないから、とにかく、ここから出たいの！」

自分の声が、ほとんど悲鳴のように聞こえているのが分かった。どうせ、このアパートに越してくるときにも軽トラック一台で十分だったのだ。身の回りの荷物だけは揃っているのだから、このまま移動すれば手間はかからない。祥子は、明日にでもさっそく自分から不動産会社に連絡を入れ、可能ならばその日のうちに移動してしまうと言った。

「よっぽど、辛かったんだな。そんなに急いで引っ越したいなんて」

「そんな――辛いなんていうほどのことも、ないんだけど。でも、とにかくすきま風がひどくて、風邪ひきそうなのよ。それに、夜中に外で人の怒鳴り声がしたりして、ほと

よ、な」

「そんな場所なのか？　いくら節約の為とはいえ、よく我慢したよ。もう、無理するなんど眠れないし」

彼の言葉を聞きながら、祥子は思わず涙ぐんでいた。

「本当に、ごめんな。日本に帰ったら、この埋め合わせはきっとするから」

祥子の涙声を聞いて、彼は慌てたような声を出している。倹約が辛いのではないと、彼に分かってもらえる時が来るだろうか。母の置きみやげを、父の置きみやげで撃退しようとしたことを、話せる時が来るだろうか。とにかく、笑い話になるのは、遠い先のことに思われた。

その晩のうちに、祥子は寝ないで荷造りをした。粗大ゴミになるものをまとめ、前回の引っ越しの時に使ってとっておいた段ボールに衣類や身の回りの物をしまうのは、数時間で済む作業だった。すべての荷造りを終えたところで、祥子は父の遺した拳銃を取り出した。

――引っ越しの騒ぎの中で、誰かに見つかりでもしたら。こんな物を持ってるって、分かったら。

それこそ大変な騒ぎになるだろう。いくら父の愛の証《あかし》でも、違法は違法だ。所持などしないに限る。だが、たった一つの父の置きみやげを、そう簡単に手放して良いものかどうか、それも躊躇《ためら》われた。第一、これは母を守り続けた品だった。実際に手にしたことはないだろうが、おそらく母は、いざというときには、この拳銃がある、拳銃を使えば良いと自分に言い聞かせ、心の支えにしていたに違いない。これは、母を守っていたのだ。

だが、それでも持っていてはならないもののような気がした。かといって、容易に捨てることも出来ない。あれこれと考えを巡らした挙げ句、祥子は、これをこのまま置いていくことにした。そうすれば、たとえば次の住人が拳銃を見つけて、祥子を疑ったとしても、祥子はしらを切れば良いのだ。前から置いてあった物だと、知らん顔をすれば良い。

最初に見つけた桐の箱からベビー服を取り出し、拳銃と銃弾だけを入れると、祥子は少し考えて、手紙を添えることにした。

〈少しの間、あずかってください〉

こうしておけば、誰かから疑われたとしても、この手紙を読んで、そのまま置いておくことにしたと答えられる。それに、もしも次にこの部屋に住む人に善意があるなら、その人は本当にこの拳銃を預かってくれるかも知れなかった。

改めて見ると、羊羹の箱らしい桐の箱を、祥子は、押入簞笥の奥にしまい込んだ。どうせ新居には広々としたウォークインクローゼットがあるから、押入簞笥は不要になる。もともと、ラワン材に木目のプリントを貼りつけただけの安物の簞笥だった。長い間、愛用はしてきたが、未練はない。こんな部屋に越してくる人は、そう豊かとは思えない。

そういう人への、せめてもの置きみやげのつもりだった。

　そして翌日、祥子は朝一番で不動産会社に行き、マンションの鍵を受け取った。さらに、万一のことを考えて、運送会社ではなくレンタカー屋から車を借り出し、便利屋を頼んで荷物を運ばせた。

7

「もうすっかり、片付いてるんだろうね」

「大丈夫よ。あとはあなたの荷物だけ」

「来週、そっちに戻るだろう？　そうしたら寮の連中に手伝ってもらって、すぐに運ぶからさ」

　春が過ぎ、初夏の風を感じる五月も末にさしかかっていた。ようやく彼が帰ってくる。結婚後も続けることにした仕事の合間を縫って買い揃えた家具に囲まれて、祥子は新生活への準備を完璧に整えていた。

「俺、しばらくの間は君を束縛するからね。今のうちに羽を伸ばしておけよ」

「そんなこと言って。どうせ忙しくて、私を束縛する暇なんか、ないはずよ」

「それでも休みの日は、べったりくっついて離れないんだ」

帰国が決まってから、彼の声は明らかに弾んでいた。それは祥子も同様だ。ようやく新生活が始まる、今度こそ、もう一人ではなくなるのだと思うと、それだけで心が弾む。

だが、明るい声で「早く会いたい」などと言いながら、祥子の中には二つの気がかりなことがあった。いつ、佐伯がこの新居を突き止めるかも知れないということと、あの古いアパートに残してきた拳銃のことだ。

佐伯に関しては、このマンションに越して以来、何の音沙汰もなかったから、徐々に緊張が解け始めているが、拳銃のことは、日を追うに連れて祥子の心に重くのしかかってきていた。

やはり、あんな部屋に置いてくるべきではなかった。母がそうしたように、荷物の奥にしまい込んでおけば、問題はなかったのだ。第一、もしも祥子の次にあの部屋を借りた人が、佐伯と同様の、またはもっとたちの悪い人間だったら、余計に面倒なことにもなりかねない。それを考えると、いてもたってもいられなかった。

――何とかしなきゃ。何とか。

明日は成田まで彼を迎えに行くという日の夜になって、祥子は決心した。やはり、あの拳銃は取り返すべきだ。今日すぐが無理でも、様子だけでも見に行くべきだと思った。マンションを出る時に左右を見回すのは、今や習慣になっている。だが、佐伯の影はどこにも見あたらなかった。

自転車にまたがり、夜の町を、祥子は何かに急かされるように走った。十五分ほども走ると、久しぶりに見る町並みに入った。徐々に緊張してきたとき、祥子はかつて暮らしたアパートの方角の空が赤く見えるのに気付いた。

火事ではない。だが、何やら人のざわめきが聞こえてくる。アパートの前の路地に入る手前で自転車を止めると、祥子はそっと路地をのぞいた。数台のパトカーが止まっている。空が赤く見えたのは、その赤色灯のせいだと分かった。この界隈に、こんなに大勢の人がいたのかと思うほど、野次馬が溢れている。祥子は、その人混みに紛れて、少しずつかつての住まいに近付いていった。

誰もが、路地の奥の方を見つめていた。突き当たり近くにあるモルタル塗装のアパートの辺りで、何かがあったらしい。何事だろうと思いながら、祥子は、三カ月だけ暮らした部屋の前までたどり着いた。すると、意外なことに、ドアが開け放たれている。ちらりとのぞくと、明らかに誰かが住んでいる様子だった。大方、この騒ぎを聞きつけて、野次馬になっているのだろう。これはチャンスだった。

祥子は後ろ歩きのまま、素早く部屋に入り込んで、室内を見回した。男の人が住んでいるのだろうか、質素だが、よく片付いている。急いで靴を脱ぎ、押入を開けた。押入簞笥もそのままだ。勢い良く下の段の引出を引く。だが、そこには男物の衣類がぎっしり詰まっていた。

――ない！　ない！

気持ちばかりが焦ってしまう。この部屋の住人が、いつ帰ってくるかも分からないのだ。ああ、どうしようと思ったとき、部屋の片隅に置かれているカラーボックスが目に留まった。そこに、あの桐の箱が置かれていた。祥子は、飛びつくように箱に手を伸ばした。

――あった！

残してきたときと同じ状態で、箱の中には父の置きみやげが入っていた。祥子は、素早く拳銃と銃弾とを鷲摑みにして、腕から提げていた小さなバッグにしまい込んだ。外ではまだ何か騒いでいる。早く、早くここから出なければいけない。だが、顔も知らないこの部屋の住人に、断りくらいは入れるべきだ。祥子は、再びバッグを開き、手帳のページを破ると、ボールペンを走らせた。

〈お預かりいただいていたものを、いただいていきます〉

それだけ書くと、祥子は桐の箱にメモを入れ、再びカラーボックスにしまった。

黒い服を着てきたのは正解だった。周囲に気を配りながらアパートから出た祥子は、誰からも声をかけられることなく、その場を後にすることが出来た。背後ではまだ「そっち、そっち！」とか「捕まったって！」などという声が聞こえていた。

ようやく自転車を停めていた場所まで戻ると、祥子は大きく深呼吸をした。今頃になって、急に心臓が高鳴り始め、膝が震えている。我ながら、よくあんなことが出来たものだ。

――でも、もう一緒。もう、離さない。

バッグを自転車のバスケットに入れ、祥子は夜の道を走り始めた。これで、不安はなくなった。佐伯は、祥子の居場所が分からないままなのだろう。もともと自分の言いがかりなのだから、これ以上の深追いは無理だと諦めたのかも知れないし、または、新しい金蔓が見つかったのかも知れない。

夜道をゆっくりと走りながら、鼻歌さえ出てきそうだった。明日は心から彼を出迎えられる。そして、感動の再会を果たすのだ。

——帰って、ゆっくりお風呂に入って。

そんなことを考えていた時だった。背後から、ミニバイクの音が聞こえたと思った次の瞬間、耳元を風が通り抜けるような気配がして、黒い影が、祥子の自転車のバスケットに手を伸ばした。

「あっ!」

声を上げたのと、ミニバイクが猛スピードで走り去るのとが同時だった。二人乗りをしているらしい。街灯の淡い光の下に、二つの頭が並んでいるのだけが見えた。一瞬の出来事に、祥子はただ、その場に片足をついて立ち尽くしていた。

——父さんの。

せっかく、取り戻したと思ったのに。やっとの思いで、泥棒の真似までして。

初夏の夜風に吹かれながら、祥子は闇の向こうをただ見つめていた。財布と鍵は服のポケットだ。他に、身元の分かるものは何一つ入っていない。今頃、あの二人連れは驚きの声を上げているだろう。金が目当てだったのに、拳銃が出てくるなんて。

——やっぱり、縁がなかったのかしらね。

そう考えるより他になさそうだった。夜の道を、祥子は再び、ゆっくりとペダルをこぎ始めた。

初出誌
母の秘密　「オール讀物」一九九六年十一月号
野良猫　「オール讀物」一九九七年三月号
なかないで　「オール讀物」一九九七年六月号
塵箒　「オール讀物」一九九七年九月号
置きみやげ　「オール讀物」一九九七年十二月号

単行本　一九九八年四月　文藝春秋刊「引金の履歴」

本書は改題の上、二〇〇一年四月に刊行された文春文庫の新装版です。

DTP制作　エヴリ・シンク

文春文庫

冷《つめ》たい誘《ゆう》惑《わく》

定価はカバーに表示してあります

2023年1月10日　新装版第1刷

著　者　乃《の》南《なみ》アサ
発行者　大沼貴之
発行所　株式会社 文藝春秋

東京都千代田区紀尾井町3-23　〒102-8008
TEL　03・3265・1211㈹
文藝春秋ホームページ　http://www.bunshun.co.jp

落丁、乱丁本は、お手数ですが小社製作部宛お送り下さい。送料小社負担でお取替致します。

印刷製本・凸版印刷

Printed in Japan
ISBN978-4-16-791987-0

（　）内は解説者。品切の節はご容赦下さい。

貫井徳郎
空白の叫び
（全三冊）
外界へ違和感を抱く少年達の心の叫びは、どこへ向かうのか。殺人を犯した中学生たちの姿を描き、少年犯罪に正面から取り組んだ、驚愕と衝撃のミステリー巨篇。（羽住典子・友清　哲）
ぬ-1-4

貫井徳郎
壁の男
北関東の集落の家々の壁に絵を描き続ける男。彼自身は語らないが、「私」が周辺取材をするうちに男の孤独な半生と悲しい真実が明らかに。読了後、感動に包まれる傑作。（末國善己）
ぬ-1-8

乃南アサ
紫蘭の花嫁
謎の男から逃亡を続けるヒロイン、三田村夏季。同じ頃、神奈川県下で連続婦女暴行殺人事件が……。追う者と追われる者の心理が複雑に絡み合う、傑作長篇ミステリー。（谷崎　光）
の-7-1

乃南アサ
暗鬼
嫁いだ先は大家族。温かい人々に囲まれ何不自由ない生活が始まったが……。一見理想的な家に潜む奇妙な謎に主人公が気付いた時、呪われた血の絆が闇に浮かび上がる。（中村うさぎ）
の-7-3

早坂　吝《やぶさか》
ドローン探偵と世界の終わりの館
ドローン遣いの名探偵、飛鷹六騎が挑むのは奇妙な連続殺人。廃墟ヴァルハラで繰り広げられる命がけの知恵比べとは？　定石破りの天才が贈る、意表を突く傑作ミステリ。（細谷正充）
は-56-1

東野圭吾
秘密
妻と娘を乗せたバスが崖から転落。妻の葬儀の夜、意識を取り戻した娘の体に宿っていたのは、死んだ筈の妻だった。日本推理作家協会賞受賞。（広末涼子・皆川博子）
ひ-13-1

東野圭吾
予知夢
十六歳の少女の部屋に男が侵入し、母親が猟銃を発砲。逮捕された男は、少女と結ばれる夢を十七年前に見たという。天才物理学者が事件を解明する、人気連作ミステリー第二弾。（三橋　暁）
ひ-13-3

東野圭吾
ガリレオの苦悩
〝悪魔の手〟と名乗る人物から、警視庁に送りつけられた怪文書。そこには、連続殺人の犯行予告と、湯川学を名指しで挑発する文面が記されていた。ガリレオを標的とする犯人の狙いは？

ひ-13-8

東川篤哉
魔法使いは完全犯罪の夢を見るか？
殺人現場に現れる謎の少女は、実は魔法使いだった!?　婚活中の女警部、ドMな若手刑事といった愉快な面々と魔法の力で事件を解決する人気ミステリーシリーズ第一弾。　（中江有里）
ひ-23-2

東川篤哉
魔法使いと刑事たちの夏
切れ者だがドMの刑事、小山田聡介の家に住み込む家政婦マリィは、実は魔法使い。魔法で犯人が分かっちゃったけど、どうやって逮捕する？　キャラ萌え必至のシリーズ第二弾。

ひ-23-3

東川篤哉
さらば愛しき魔法使い
八王子署のヘタレ刑事・聡介の家政婦兼魔法使いのマリィは、数々の難解な事件を解決してきた。そんなマリィの秘密を、オカルト雑誌が嗅ぎつけた？　急展開のシリーズ第三弾。

ひ-23-4

藤原伊織
テロリストのパラソル
爆弾テロ事件の容疑者となったバーテンダーが、過去と対峙しながら事件の真相に迫る。乱歩賞&直木賞をダブル受賞した不朽の名作。逢坂剛・黒川博行両氏による追悼対談を特別収録。

ふ-16-7

福田和代
バベル
ある日突然、悠希の恋人が高熱で意識不明となってしまう。感染爆発が始まった原因不明の新型ウイルスに、人間が立ち向かう術はあるのか？　近未来の日本を襲うバイオクライシスノベル。

ふ-45-1

誉田哲也
妖《あやかし》の華
ヤクザに襲われたヒモのヨシキが、妖艶な女性・紅鈴に助けられたのと同じ頃、池袋で、完全に失血した謎の死体が発見された――。人気警察小説の原点となるデビュー作。　（杉江松恋）
ほ-15-2